我們何不來談談
各人的心願？

曉風
2018.12.

半局

张晓风散文精选

张晓风 著

北京联合出版公司
Beijing United Publishing Co.,Ltd.

树在。山在。大地在。岁月在。我在。
你还要怎样更好的世界？

我喜欢跟你用同一个时间。

我们终必相逢，

在书中某个江山幽极处，某个桃李照堂处。

XiaoFeng XiaoZhuan

晓风小传

我不喜欢写小传，因为，我并不在那里面。再怎么写，也只能写出一部分的我。

一

出生在浙江金华一个叫白龙桥的地方，这地方，我一岁离开后就没有再去过，但对它颇有好感。它有两件事令我着迷：其一是李清照住过此地，其二是它产一种美味的坚果，叫香榧子。

出生的年份是一九四一年，日子是三月二十九日。对这个生日，我也颇感自豪，因为这一天在台湾正逢节日，所以年年放假，令人有普天同庆的感觉。成年以后，偶然发现这一天刚好是英国女作家弗吉尼亚·伍尔夫的忌日，事实上她是一九四一年三月二十八日自杀的，但如果把时差算在内，已是我们东方的三月二十九日了。

有幸在时间上和弗吉尼亚·伍尔芙错肩而过的我，有幸在李清照晚年小居的地方出生的我，能对自己期许多一点吗？

二

父亲叫张家闲，几代以来住在徐州东南乡二陈集，但在这以前，他们是从安徽小张庄搬去的，小张庄十几年前一度被联合国选为模范村。

母亲叫谢庆欧，安徽灵璧县人（但她自小住在双蒲镇上），据说那里面的钟馗像最灵。她是谢玄这一支传下的族人，这几年母亲一直想回乡找家谱。家谱用三个大樟木箱装着，在日本人占领的时期，因藏在壁中，得避一劫，不料后来却遭焚毁。一九九七年赴山东胶南想打听一个叫喜鹊窝的地方，那里有个解家村（谢、解同源，解姓是因避祸而改的），母亲听她父亲说，几百年前，他们是从喜鹊窝搬过去的。

我们在胶南什么也找不着，姓解的人倒碰上几个。仲秋时节，有位解姓女子，家有一株柿子树，柿叶和柿子竞红。她强拉我们坐下，我第一次知道原来好柿子不是“吃”的，而是“喝”的，连喝了两个柿子，不能忘记那艳红香馥的流霞。

家谱是找不到了，我和母亲的胶南之行却意外地拎着一包带壳的花生回来，是解姓女子送的。吃完了花生，我把花生壳送去照相馆，用拷贝的方法制成了两个书签，就姑且用它记忆那光荣的姓氏吧！

三

我毕业于中文系，受“国故派”的国学教育，看起来眼见着就会跟写作绝缘了。当年，在我之前，写作几乎是外文系的专利，不料在我之后，情况完全改观，中文系成了写作的主力。我大概算是个“玩阴的”改革分子，当年教授不许我们写白话文，我就乖乖写文言文，就作旧诗，就填词，就度曲。谁怕谁啊，多读点旧文学怕什么，艺多不压身。那些玩意儿日后都成了我的新资源，都为我所用。

四

在台湾，有三个重要的文学大奖，吴三连文学奖、中山文艺奖、台湾文艺奖，前两项是官方的，后一项是民间的，我分别于一九六七年、一九八〇年和一九九七年获得。我丈夫笑我有“得奖的习惯”。

但我真正难忘的，却是《幼狮文艺》颁给我的一项散文首奖。

台湾地区刚解严的时候，有位美国电视记者来访问作家的反应，不知怎么找上我，他问我解严了，是否写作上比较自由了？我说没有，我写作一向自由，如果有麻烦，那是编者的麻烦，我自己从来不麻烦。

唯一出事的是有次有个剧本遭禁演，剧本叫《自烹》，写的是易牙烹子献齐桓公的故事（此戏二十世纪八十年代曾在上海演出），也不知那些天才审核员是怎样想的，他们大概认为这种昏君佞臣的戏少碰为妙，出了事他们准丢官。其实身为编剧，我对讽刺时政毫无兴趣，我想写的只是人性。

据说我的另外一出戏《和氏璧》在北京演出时，座中也有人泣下，因为卞和两度献璧、两度刖足，刚好也让观众产生共鸣。其实，天知道，我写戏的时候哪里会想到这许多，我写的是春秋时代的故事啊！

五

我写杂文是我自己和别人都始料未及的事。躲在笔名背后嬉笑怒骂真是十分快乐。有时听友人猜测报上新冒出来的这位可叵是何许人也，不免十分得意。

龙应台的《野火集》在二十世纪八十年代的台湾的确有燎原之势，不过在《野火集》之前，我以桑科和可叵为笔名，用插科打诨的方式进行我对权威的挑战，算是一种闷烧吧！

六

我的小说写得不多，一九九六年写的一篇《一千二百三十点》我比较喜欢（入选了当年的年度小说选），但我选了另一篇《潘渡娜》。“潘文”是旧作，是华文作品中第一篇发表的科幻小说。这件事也很意外，我当时并没有注意到原来还没有华人写过这种东西。

七

我的职业是教书，我不打算以写作为职，想象中如果为了疗饥而去煮字真是凄惨。

我在两个学校教书，阳明大学和东吴大学。前者是医科大学，后者是我的母校。我在阳明属于“通识教育中心”，在东吴属于中文系。

我的另一项职业是家庭主妇，生儿育女占掉我生命中最精华的岁月。如今他们一个在美国西岸加州理工学院读化学，一个在美国东岸纽约大学攻文学，我则是每周末从长途电话中坐听“美国西岸与东岸汇报”的骄傲母亲。

我的丈夫叫林治平，湖南人，是我东吴大学的同学，他后来考入政大外交研究所，他的同学因职务关系分布在全球，但他还是选择了在中原大学教书，并且义务性地办了一份杂志。杂志至今持续了二十五年，也难为他了。

八

最近流行一个名词叫“生涯规划”，我并不觉得有什么太大的道理，无非是每隔几年换个名词唬人罢了！人生的事其实只能走着瞧，像以下几件事就完全不在我的规划掌控中：

1. 我生在二十世纪中叶。

2. 我身为女子。

3. 我身为黄肤黑发的中国人。

4. 我因命运安排在台湾地区长大。

至于未来，我想也一样充满变数，我对命运采取不抵抗主义，反正，它也不曾对我太坏，我不知道我将来会写什么，一切随缘吧！如果万一我知道我要写什么呢？知道了也不告诉你，哪有酿酒之人在酒未酿好之前就频频掀盖子以示人的道理？

我唯一知道的是，我会跨步而行，或直奔，或趑趄，可彳亍，或一步一踬，或小伫观望，但至终，我还是会一步一个脚印地往前走去。

Contents

目 录

生活就像一条河流，后浪推前浪，不断逝去，又不断涌来。

辑一 半局

生命是纯净的火焰，我们活在世上，心中有一轮无形的太阳。

辑二 尘缘

辑三 我在

树在。山在。大地在。岁月在。我在。你还要怎样更好的世界？

有些人，他们的姓氏我已遗忘，他们的脸却恒常浮着——像晴空。

辑四 有些人

辑五 也算可爱

虽有种种倒霉事，但我记得住的而且在心中把玩不已的，全是从生活渊泽里捞起来的种种不尽的可爱。

辑六 我知道你是谁

如果五月的花香有其源自，如果十二月的星光有其出发的处所，我知道，你便是从那里来的。

辑七　人生的什么和什么

我两手空空而来，却带着两握盈盈的爱和希望回去；我在人间曾播下一些不朽，是给了别人而依然存在的。

辑一

半局

生活就像一条河流，后浪推前浪，不断逝去，又不断涌来。

半　局

楔　子

汉武帝读司马相如的《子虚赋》，忽然怅恨地说：“朕独不得与此人同时哉！”

他错了，司马相如并没有死，好文章并不一定都是古人做的，原来他和司马相如活在同一个年代里。好文章、好意境加上好的赏识，使得时间也有情起来。

我不是汉武帝，我读到的也不是《子虚赋》，但蒙天之幸，让我读到许多比汉赋更美好的“人”。

我何幸曾与我敬重的师友同时，何幸能与天下人同时，我要试着把这些人记下来。千年万世之后，让别人来羡慕我，并且说：“我要是能生在那个时代多么好啊！”

大家都叫他杜公——虽然那时候他才三十几岁。

他没有教过我的课——不算我的老师。

他和我有十几年之久在一个学校里，很多时候甚至是在一间办公室里——但是我不喜欢说他是“同事”。

说他是朋友吗？也不然，和他在一起虽可以聊得逸兴遄飞，但我对他的敬意，使我始终不敢将他列入朋友类。

说“敬意”几乎又不对，他这人毛病甚多，带棱带刺，在办公室里对他敬而远之的人不少，他自己成天活得也是相当无奈，高高兴兴的日子虽有，唉声叹气的日子更多。就连我自己，跟他也不是没有斗过嘴，使过气，但我惊奇我真的一直尊敬他，喜欢他。

原来我们不一定喜欢那些老好人，我们喜欢的是一些赤裸、直接的人——有瑕的玉总比无瑕的玻璃好。

杜公是黑龙江人，对我这样年龄的人而言，模糊的意念里，黑龙江简直比什么都美，比爱琴海美，比维也纳森林美，比庞贝古城美，是榛莽渊深，不可仰视的。是千年的黑森林，千峰的白积雪加上浩浩万里、裂地而奔窜的江水合成的。

那时候我刚毕业，在中文系里做助教，他是讲师，当时学校规模小，三系合用一个办公室，成天人来人往的，他每次从单身宿舍跑来，进了门就嚷：“我来‘言不及义’啦！”

他的喉咙似乎曾因开刀受伤，非常沙哑，猛听起来简直有点凶恶（何况他又长着一副北方人魁梧的身架），细听之下才发觉句句珠玑，令人绝倒。后来我读到唐太宗论魏徵（那个凶凶的、逼人的魏徵），却说其人“妩媚”，几乎跳起来，这字形容杜公太好了——虽然杜公粗眉毛，瞪凸眼，哑嗓子，而且还不时骂人。

有一天，他和另一个助教谈西洋史，那助教忽然问他那段历史中兄弟争位后来究竟是谁死了，他一时也答不上来，两个人在那里久久不决，我听得不耐烦：“我告诉你，既不是哥哥死了，也不是弟弟死了，反正是到现在，两个人都死了。”

说完，我自己也觉一阵悲伤，仿佛《红楼梦》里张道士所说的一个吃它一百年的疗妒羹——当然是效验的，百年后人都死了。

杜公却拊掌大笑：“对了，对了，当然是两个都死了。”

他自此对我另眼看待，有话多说给我听，大概觉得我特别能欣赏——当然，他对我特别巴结则是在他看上跟我同住的女孩之后，那女孩后来成了杜夫人，这是后话，暂且不提。

杜公在学生餐厅吃饭，别的教职员拿到水淋淋的餐盘要小心地用卫生纸擦干（那是十几年前，现在已改善了），杜公不然，只把水一甩，便去盛两大碗饭，他吃得又多又急又快，不像文人。

“擦什么？”他说，“把湿细菌擦成干细菌罢了！”

吃完饭，极难喝的汤他也喝。

“生理食盐水，”他说，“好欸！”

他大概吃过不少苦，遇事常有惊人的洒脱，他回忆在政大政治研究所学习时说：“蛇真多——有一晚我洗澡关门夹死了一条。”

然后他又补充说：“当时天黑，我第二天才看到的。”

他住的屋子极小，大约是四个半榻榻米，宿舍人又杂，他种了许多盆盆罐罐的昙花，不时邀我们欣赏，夏天招待桂花绿豆汤、郁李（他自己取的名字，做法是把黄肉李子熬烂，去皮核，加蜜冰镇），冬天是腊八粥或猪腿肉红煨干鱿鱼加粉丝。我一直以为他对莳花深感兴趣，后来才弄清楚，原来他只是想用那些多刺的盆盆罐罐围满走廊，好让闲杂人等不能在他窗外聊天——穷教员要为自己创造读书环境真难。

“这房子倒可以叫‘不畏斋’了！”他自嘲道，“四十、五十而无闻焉，其亦不足畏也——孔夫子说的。”

他那一年已过了四十岁了。

当然，也许这一代的中国人都不幸，但我却特别同情上世纪二十年代左右出生的人，更老的一辈赶上了风云际会，多半腾达过一阵，更年轻的在台湾长大，按部就班地成了青年才俊，独有五十几岁的那一代，简直是为受苦而出世的，其中大部分失了学，甚至失了家人，失了健康，勉力苦读的，也拿不出漂亮的学历，日子过得郁郁寡欢。

这让我想起汉武帝时代的那个三朝不被重用的白发老人的命运悲剧——别人用“老成谋国”的时候，他还年轻；别人用“青年才俊”的时候，他又老了。

杜公能写字，也能作诗，他随写随掷，不自珍惜，却喜欢以米芾自居。

“米南宫哪，简直是米南宫哪！”

大伙也不理他。他把那幅“米南宫真迹”一握，也就丢了。

有一次，他见我因为一件事而情绪不好，便仿韩愈“送李愿归盘谷序”中“大丈夫之不得意于时也”的意思作了一篇“大小姐之不得意于时也”的赋，自己写了，奉上，令人忍俊不禁。

又有一次，一位朋友画了一幅石竹，他抢了去，为我题上“渊渊其声，娟娟其影”，墨润笔酣，句子也庄雅可喜，裱起来很有精神。其实，我一直没有告诉他，我喜欢他，远在米芾之上，米芾只是一个遥远的八百年前的名字，他才是一个人，一个真实的人。

杜公爱憎分明，看到不顺眼的人或事他非爆出来不可。有一次他极讨厌的一个人被调到别处去了，后来得意扬扬地穿了新机关发的制服回来，他不露声色地说：“这是制服吗？”

“是啊！”那人愈加得意。

“这是制帽？”

“是啊！”

“这是制鞋？”

“是啊！”

那个不学无术的家伙始终没有悟过来制鞋、制帽是指丧服的意思。

他讨厌的另外一个人一天也穿了一身新西装来炫耀。

“西装倒是好，可惜里面的不好！”

“哦，衬衫也是新买的呀！”

“我是指衬衫里面的。”

“汗衫？”

“比汗衫更里面的！”

很多人觉得他的嘴刻薄，不厚道，积不了福，我倒很喜欢他这一点，大概因为他做的事我也想做——却不好意思做。因此我连杜公的缺点都喜欢。

——而且，正因为他对人对物的挑剔，使人觉得受他赏识真是一件好得不得了的事。

其实，除了骂骂人，看穿了他还是个“剪刀嘴巴豆腐心”。记得我们班上有个男孩，是橄榄球队队长，不知怎么阴差阳错地被分到中文系来了。有一天，他把书包搁在山径旁的一块石头上，就去打球了，书包里的一本《中国文学发达史》滑出来，落在水沟里，泡得透湿。杜公捡起来，给他晾着，晾了好几天，这位仁兄才猛然想起书包和书，杜公把小心晾好的书还他，也没骂人，事后提起那位成天一身泥水一身汗的男孩，他总是笑滋滋的，很温暖地说："那孩子！"

杜公绝顶聪明，才思敏捷，涉猎很广，而且几乎可以过目不忘，所以会意独深。他说自己少年时喜欢诗词，好发诗论。忽有一天读到王国维的《人间词话》，大吃一惊，原来他的论调竟跟王国维一样，他从此不写诗论了。

杜公的论文是《中国历代政治符号》，很为识者所推崇，指导教授是当时政治研究所主任浦薛凤先生。浦先生非常欣赏他的国学，把他推荐来教书，没想到一直开的竟是国文课。

学生国文程度不好——而且也不打算学好，他常常气得瞪眼。

有一次我在叹气："我将来教国文，第一，扮相就不好。"

"算了，"他安慰我，"我扮相比你还糟。"

真的，教国文似乎要有其扮相，长袍，白髯，咳嗽，摇头晃脑，诗云子曰，营养八卦，抬眼看天，无视于满教室的传纸条，瞌睡，K 英文。不想这样教国文课的，简直就是一种怪异。

碰到某些老先生，他便故作神秘地说："我叫杜奎英，奎者，大卦也。"

他说得一本正经，别人走了，他便纵声大笑。

日子过得不快活，但无妨于他言谈中说笑话的密度，不过，笑话虽多，总不失其正正经经读书人的矩度。他创立了《思与言》杂志，在十五年前以私人力量办杂志，并且是纯学术性的杂志，真是要有"知其不可而为之"的勇气，杜公比大多数《思与言》的同人都年长些，但是居然慨然答应做发行人，台大政治系的胡佛教授追忆这段往事，有很生动的记载：

“那时的一些朋友皆值二十与三十之年，又受过一些高等教育，很想借新知的介绍，做一点知识报国的工作。所以在兴致来时，往往商量着创办杂志，但多数在兴致过后，又废然而止。不过有一次数位朋友偶然相聚，又旧话重提，决心一试。为了躲避台北夏季的热浪，大家另约到碧潭泛舟，再做续谈。奎英兄虽然受约，但他的年龄略长，我们原很怕他涉世较深，热情可能稍减。正好在买舟时，他尚未到，以为放弃。到了船放中流，大家皆谈起奎英兄老成持重，且没有公教人员的身份，最符合政府规定的杂志发行人的资格，惜他不来。说到兴处，忽见昏黑中，一叶小舟破水追踪而来，并靠上我们的船舷。打桨的人奋身攀缘而上，细看之下竟是奎英兄。大家皆高声叫道：发行人出现了。奎英兄的豪情，的确不较任何人为减，他不但同意一肩挑起发行人的重责，且对刊物的编印早有全盘的构想。”

其实，何止是发行人？他何尝不是社长、编辑、校对，乃至于写姓名发通知的人（将来的历史要记载台湾的文人，他们共有的可爱之处便是人人都灰头土脸地编过杂志）。他本来就穷，至此更是只好“假私济公”，愈发穷了，连结婚都要举债。杜公的恋爱事件和我关系密切，我一直是电灯泡，直到不再被需要为止。那实在也是一场痛苦缠绵的恋爱，因为女方全家几乎是抵死反对。

杜公谈起恋爱，差不多变了一个人，风趣、狡黠、热情洋溢。

有一次，他要我带一张英文小纸条回去给那女孩，上面这样写：“请你来看一张全世界最美丽的图画，会让你心跳加速、呼吸急促……”

小宝（我们都这样叫她）和我想不通他哪里弄来一张这种图画，及至跑去一看，原来是他为小宝加洗的照片。

他又去买些粗铅丝，用锤子把它锤成烤叉，带我们去内双溪烤肉。

也不知他哪里学来那么多稀奇古怪的本领，问他，他也只神秘地学着孔子的口吻说："吾多能鄙事。"

小宝来请教我的意见，这倒难了，两个人都是我的朋友，我曾是忠心不二的电灯泡，但朋友既然问起意见，我也只好实说：

"要说朋友，他这人是最好的朋友；要说丈夫，他倒未必是好丈夫，他这种人一向厚人薄己，要做他太太不容易，何况你们年龄相悬十七岁，你又一直要出境，你全家又都如此反对……"

真的，要家长不反对也难，四十多岁了，一文不名，人又不帅，同事传话，也只说他脾气偏执，何况那时候女孩子身价极高。

从一切的理由看，跟杜公结婚是不合理性的——好在爱情不讲究理性，所以后来他们还是结婚了。奇怪的是小宝的母亲至终也投降了，并且还在小宝出去进修期间给他们带了两年孩子。

杜公不是那种怜香惜玉、低声下气的男人，不过他做丈夫看来比想象中要好得多，他居然会烧菜、会拖地、会插个不知什么流的花，知道自己要有孩子，忍不住兴奋地叨念着："唉，姓杜真讨厌，真不好取名字，什么好名字一加上杜字就弄反了。"

那么粗犷的人一旦柔情起来，令人看着不免心酸。

他的女儿后来取名"杜可名"，出于"老子"，真是取得好。

他后来转职政大，我们就不常见面了，但小宝回台时，倒在我家吃了一顿饭，那天许多同事聚在一起，加上他家的孩子，我家的孩子——着实热闹了一场。事后想来，凡事都是一时机缘，事境一过，一切的热闹繁华便终究成空了。

不久就听说他病了，一打听已经病得不轻，是肺中膈长癌，医生已放弃开刀，杜公是何等聪明的人，他立刻什么都明白了，倒是小宝，他一直不让她知道。我和另外两个女同事去看他，他已经黄瘦黄瘦的，还是热情地弄了两张椅子要我们坐，三个人推来让去都不坐，他一直坚持要我们坐。

“哎呀，”我说，“你真是要二椅杀三女呀！”

他笑了起来——他知道我用的是“二桃杀三士”的典故，但能笑几次了呢？我也不过强颜欢笑罢了。

他仍在抽烟，我说别抽了吧！

“现在还戒什么？”他笑笑，“反正也来不及了。”

那时节是六月，病院外夏阳艳得不可逼视，暑假里我即将有旅美之行——我知道那是我最后一次看他了。

后来我寄了一张探病卡，勉作豪语：“等你病好了，咱们再煮酒论战。”

写完，我伤心起来，我在撒谎，我知道旅美回来，迎我的将是一纸过期的讣闻。

旅美期间，有时竟会在异国的枕榻上惊醒，我梦见他了，我感到不祥。

对于那些英年早逝弃我而去的朋友，我的情绪与其说是悲哀，不如说是愤怒！

正好像一群孩子，在广场上做游戏，大家才刚弄清楚游戏规则，才刚明白游戏的好玩之处，并且刚找好自己的那一伙，其中一人却不声不响地半局而退了，你一时怎能不愕然得手足无措，甚至觉得被什么人骗了一场似的愤怒！

满场的孩子仍在游戏，属于你的游伴却不见了！

九月返台，果真他已于八月十四日去世了，享年五十二岁，孤女九岁，他在病榻上自拟的挽联是这样的：

天道还好，国族必有前途，惟劫难方殷，先死亦佳，勉无深恶大罪，可以笑谢兹世。

人间多苦，事功早摒奢望，已庸碌一生，幸存何益，忍抛孤嫠弱惜，未免愧对私心。

但写得尤好的则是代女儿挽父的白话联：

爸爸曾说要陪我直到结婚生了娃娃，而今怎教我立刻无处追寻，你怎舍得这个女儿。

女儿只有把对您那份孝敬都给妈妈，以后希望你梦中常来看顾，我好多喊几声爸爸。

（这个联，不够工整，句构和平仄都有问题，他放在枕下未曾示人，死后由家人翻出，但因系模拟小孩口吻，也算好联了。）

读来五内翻涌，他真乃有担当、有抱负、有才华的至情至性之人。

也许因为没有参加他的葬礼，感觉上我几乎一直欺骗自己他还活着，尤其每有一篇自己比较满意的作品，我总想起他来。他那人读文章严苛万分，轻易不下一字褒语，能被他击节赞美一句，是令人快乐得要晕倒的事。

每有一句好笑话，也无端想起他来，原来这世上能跟你共同领略一个笑话的人竟如此难得。

每想起一次，就怅然久之，有时我自己也惊讶，他活着的时候，我们一年也不见几面，何以他死了我会如此怅然若失呢？我想起有一次看到一副对联，现在也记不真切，似乎是江兆申先生写的：

相见亦无事

不来常思君

真的，人与人之间有时候竟可以淡得十年不见，十年既见却又可以淡得相对无一语，即使相对应答又可以淡得没有一件可以称之为事情的事情，奇怪的是淡到如此无干无涉，却又可以是相知相重、生死不舍的朋友。

一篇四十年前的文章

二〇一五年十一月，台北市，细雨霏霏，我去赴宴。是一场既喜悦又悲伤的午宴。

邀宴的主人是黄教授，她退休前曾是东吴大学经济系主任，邀宴的理由是想让我跟她远从天津来台的侄孙见面。说得更准确一点，是她去世已四十年的亡夫的侄孙。

说是“侄孙”辈，其实年纪也只差五岁。至于“黄教授”，也是“官方说法”，我们其实是一九五八年一同进入大学的同学，后来，一起做了助教，并且住在同一间寝室里，所以一直叫她“小宝”。如今，见了面，也照样喊她“小宝”。这一喊已经喊了五十七年，以后，只要活着，想必也会照这个喊法喊下去。

宴席设在红豆食府，是一家好餐厅，菜做得素雅家常而又美味，远方的客人叫杜竞武，他是我老友杜奎英的大哥杜荀若的孙子，老友逝世已四十年，他前来拜望杜奎英的妻子黄教授。他叫黄教授为叔祖母，我好像也顺便升了格。至于他要求见我一面，是因为——照他说——读了我写他三老爷（杜公）那篇《半局》，深为其中活灵活现的描述感动。

“活灵活现？哈！”我笑起来，“你见过你三老爷吗？你哪一年生的呀？就算见过，你能记得吗？”

他也笑起来。

“理论上见过，”他说，“我一九四六年出生，那时候三老爷住我们家，他一定见过我，我却不记得他……他的行事风格嘛，其实我都是听家里人说的……”

也许DNA是有道理的，他说话的声音和神采也和当年杜公有那么一分神似。但也许是少年时候因有台湾背景，受过许多痛苦折磨，也或许是因为他比当年的杜公年纪大，他看来比较约敛自制，没有杜公那种飞扬跋扈，但已足以令我在席间悄然一思故人一神伤了。

印尼有个岛，岛民有个奇怪的风俗，那就是在人死后几年，把死人从地底下刨出来，打扮一番，盛装游街。他们不觉如此做唐突了死者，只觉得应该让大家能有机会，具体地再一次看见朝思暮想的那人。

我在报上看见图片，心里虽然不以为然，天哪！那要多花多少钱呀？世界如此贫薄，资源如此不够用，厚葬怎么说都该算一项罪恶。我怎么知道那是厚葬呢？因为推算起来尸身要保持得那么完整，而且又要维护得如此栩栩如生，一定是钱堆出来的。但是，看见图片上那死者整齐的衣服、宛然的面目，以及陪行寡妇的哀戚和眉目间的不舍，仍不禁大为动容——虽然我与那人素昧平生。啊！人类是多么想、多么想挽回那些远行的故人啊！我们是多么想再见一眼那些精彩的朋友啊！

我此刻坐在雅致的餐厅里，跟五十多年前的老友的侄孙见面，彼此为的不就是想靠着反复的陈述来重睹逝者的音容吗？

曾经，身处两岸的我们隔着那么黛蓝那么忧愁的海峡、那么绵延的山和那么起伏的丘陵，以及那么复杂的仇恨——然而，他辗转看到了我的文字书写，他觉得其间有一份起死者于地下、生亡魂于眼前的魅力。我的一篇悼念文，居然能令“生不能亲其謦欬，死不及睹其遗容”的那位隔海侄孙，要从远方前来向我致一声谢。我一生所得到的稿费加版税加奖章和奖金，都不及那老侄孙的俯首垂眉的一声深谢啊！

两天后，他回去了，山长水远，也不知哪一天才会再见面。人跟人，大概随时都在告别，而事跟事，也随时都在变化——政局会变，恩仇会变，财富的走向会变，人心的向背会变。而其间，我们跟岁月告别，跟伴侣告别，甚至跟自己曾经拥有过的体力和智力告别……

然而，我不知道“书写”这件事竟可以如此恒久，虽然“坏壁无由见旧题”，如果兵燹之余，所有图书馆都被烧成灰烬，则一切的书写只好还原为灰尘（啊！原来人类肉身的“尘归尘，土归土”的悲哀法则，也可能出现在文学或艺术品上），但在此之前，这篇文章，它至少已活了三十九年半，让远方复远方的族人，可以在青壮之年及时了解一段精彩的家人史，呼吸到故旧庭园中兰桂的芬芳。

后记：一九七五年，八月，四十年前，我的朋友杜奎英谢世，我当时人在美国，不及送他最后一程。隔年我写了一篇《半局》悼念他。不意近四十年之后，有一位朋友跨海而来，向我殷殷致谢。

凡夫俗子的人生第一要务便是：活着

一九七〇年，那一年，我记得很清楚，我是个“伟人”——我是指肚子部分。

那年四月，我怀了孩子，这个孩子，一九九三年六月自台大外文系毕业。我想，我该比那些傻不拉叽的小学生更有资格说一句“光阴似箭，日月如梭”吧？

那一年，二月里，我的一个女儿夭折，才六十天大的小婴仔，我非常痛，不肯接受任何安慰。

我平生顺遂，如有悲痛，也多是为些堪称“伟大”的理由，例如国家民族之类。只有这一次，我是为自己恸哭，生命原来如此脆薄不堪一击，我当时未满三十岁，第一次了解什么叫生、老、病、死，走在殡仪馆的长廊上，我送小孩的尸体去冰冻室，深夜里，我哀泣不止，殡仪馆的老工人走来安慰我道：

“太太啊！是儿不死，是财不散哪——”

年轻的我怎能服气呢！但那抬尸的老工人，至今想来，竟像荒天漠地里的预言家，为人世指点迷津……

“神啊，让我的女儿再回来做我的女儿吧！”我祈祷。

我知道我的祈祷不合理，我知道这世上并不是失去孩子的母亲都有权再要一个回来。我知道我如果有新的子女，他也只是他自己，而不是任何别人。然而，我仍哭泣哀求，还给我一个小小的女儿吧！还给我吧！

孩子出世了，在翌年早春，是个女儿。

——我忽然发觉自己原来所有记事的方法都是根据孩子来的，儿子出生于一九六八年，女儿是一九七一年，其余的事，我便只去记下是在儿子几岁或女儿几岁时发生的……一九六几年或一九九几年对我而言反而没有什么意义。

那些年，从一九六九年，我被李曼瑰老师拉着，年年演戏，累得要死——这么说，如果给外国人听了，一定会大惑不解："你爱演戏就演，不爱演就不演，哪里可以说是别人逼的。"但中国人大概会懂，中国人为了相知相惜的情分，割头的事也肯做的。

事情开始的时候是这样的，李老师办了一个戏剧讲习班，我那时因儿子已过半岁，喂奶不必那么频繁，看看讲习班里倒不乏些名流，例如俞大纲先生，便决心报名参加。不料这种事参加的人往往虎头蛇尾，不多久，我就发现只剩我跟另外一个同学在撑场面了。这时候，那终身嫁给戏剧的李曼瑰教授正努力分析易卜生的好处给我们听。也正在这时候，我那唯一的同学跑来跟我说，放寒假了，她要回南部去了。从此以后，我便只好独木撑天。李老师气管不好，每次爬上设在四楼的戏剧艺术中心，总要先咳个惊天动地（我现在回想，她其实生活谨严，她呼吸系统的毛病应该是受二手烟之害，她身边共事的人多是些老烟枪）。碰到这种老师，你又怎敢缺席？我们就这样一师一徒把讲习班有头有尾地结束了。其间，李老师一直催我写个剧本给她瞧瞧，我只好写一个。不料她竟颁了个"李圣质先生夫人纪念奖"给我。我那时已得过中山文艺的散文奖，并不想转来碰戏剧。中山奖奖金是五万元台币，李老师的那份只有五千元台币——但这奖是李老师为了纪念父母而设的，算来，其间真有钱以外的无限深意。

李老师可以说是循循善“诱”，颁了奖，她又拿钱出来鼓励我演出。这以后，她一直不忘督促我继续写戏。那阵子我们年年推新戏，档期订在圣诞至新年的假期，算是跨年演出。其中比较出名的是一九七二年演《武陵人》，一九七四年演《和氏璧》，一九七五年演《第三害》，一九七六年演《严子与妻》。

其中最难舍难忘的是我没有演出的那部，叫《自烹》，写的是易牙烹子以献齐桓公的那段历史。不知为什么，奔走在市政府、教育局和警总之间就是拿不到演出证。这种事麻烦的是，你找不到关键，你也不知找谁吵架，你只能“听说”，听说似乎有人怕剧本有所影射，听说似乎有人嫌剧本血腥——但天知道我一向反对舞台剧太写实。事实上，舞台上连婴儿都不会出现，何来血淋淋的杀婴场面？

那年头，其实也并没有什么真的大不了的文化迫害，我认为问题出在承办人，他们缺少一个肯担当的肩膀。其实，第一层的阎王可能只要你有六十分就放行。然而，命令下达到了大鬼手里，怕自己因宽松而惹祸上身，他私自定下七十分的标准。事情再转到中鬼手里，不得了，标准竟升到八十分了。接下去，小鬼级的便要求九十分。可是，不幸的升斗小民，如我，在办这种事的时候碰来碰去，碰到的都是更小的“小小鬼”。俗话说：“阎王好见，小鬼难缠。”我多么想抓个阎王来当面大吵一架，可是，问题是你根本找不到阎王在哪里啊！

《自烹》终于不能演出，其间我本来以为一向爱护我的李老师会出面拍胸脯请警总或教育局放一马，不料她反来劝我：

“你不懂，”她说，“别演了！否则对你不好。我这是为你着想——以后你会懂。”

我想她是真心想对我好，但她怕什么呢？我却是不怕的啊！

《自烹》在台湾不能演出却在香港演了，二十世纪八十年代又在上海演。

我的另一出戏《和氏璧》一九八六年在北京演出，大约连演八十场（现在要创这种纪录就难了，电视机多了，舞台观众就少了）。一九九二年我赴西安要走一趟丝路，在咸阳机场一出门就冲上来一个高大的男子，死死抱紧我不放，并且冲动得哭起来。他就是梁国庆，在遥远的北京演我的“卞和”令之复活的那人。

文学很奇怪，我写《和氏璧》，想写的是人类对于真理的坚持，这戏被搬到北京，卞和的受难竟也能勾出观众的眼泪——虽然他们哭的是我做梦也没想到的那十年。

写戏的那几年，掌声不断，谩骂亦四起，其中唐文标先生骂得“最努力”。我想他既然连我深敬的张爱玲也骂了，我挨骂也就不足惜了。唐氏后来死于鼻咽癌，快十年了。我多么希望他长寿啊！

说起挨骂，我倒也经验丰富，那时代因为冒出关于乡土文学的论战，有时不免到处看到耙光棍影。记得有天我在做事，小女儿蹲在我脚边玩，大概因为玩具不好玩，她竟玩起我的脚来，玩着玩着，她忽然柔声说了一句：

“妈妈，我爱你的脚。”

我为她这句话而大受感动，世界虽大，世人虽众，但谁会来稀罕你的脚呢？我把这温馨的感觉写了篇五百字的短文，不料也会遭钉耙追打。当时有位潘荣礼先生大概认为如此“闺秀派”实在是文章末流，于是为文讽骂一番，说什么“女作家的白嫩小脚等等”，我的脚并不细嫩（就算细嫩也并不可耻），这样的一双脚去过考伊兰难民营，走过遥长的泰北山路，也曾和学生一起去过四湖乡、箔子寮那样的地方，没什么好惭愧的。何况以五百字的短文来写母女之情也要挨骂的话，未免太没有世道了，但我没有理他。

在杀伐之气流行的时代，连不杀伐都得挨骂呢！

一九七九年那一年，例行的舞台剧没有演出，那一停，就一直停下来了。何况，李老师去世了，没有人会再来逼我了。

不演戏以后就重操旧业写散文，这才发现写散文真好，因为写完一篇散文就是写完了。但写完一部戏，一切才有待开始呢！

有一天，重读《论语》，读到孔子说“吾无可无不可”非常喜欢，用今人的习惯，那话可以这样说：

“我对事情的分析标准不是绝对的，我没有‘预设立场’，我不会绝对拒绝或绝对接纳，一切要看当时的状况而定。”

我因喜欢这句话，所以想出一个“可叵”的笔名来，“叵”是“不可”的意思，它的字形和“可”字相反，读作“颇”（是读“不可”两字时急速连续所发的音），我认为“可叵”是个很好的写杂文时用的名字。

我居然因为找到个笔名而开起专栏来写杂文了，后来还出了两本书。那阵子很快乐，因为看别人猜不出这可叵是谁，实在很得意。

有人问我为何写杂文，我想，那是因为我有很多愤怒和无奈，不忍在醇美的散文里写出来。我想骂人的时刻，便是可叵。我想感激人世的时候，便是晓风。美文是“千秋事业”，杂文“只争一朝一夕”。

一九七五年五月的一天，有位韩伟博士要求当晚前来拜访我，晚上他果真来了。坐定之后，他很诚恳地告诉我，他已见过“行政院长”经国先生，谈了十五分钟，经国先生已决定聘任他为阳明医学院院长。这所新的医学院实行公费制，企图在资本主义边缘找一条路，以七年公费待遇换学生毕业后下乡服务。韩先生很愿意支持这理想，他来找我是因打算聘我为阳明的老师。但阳明是医学院，我去了只有大一国文可教，我原来是执教于中文系的。而韩先生极诚恳，他保证班级会小，三十人一班，他说：

“如果你答应，你就是我聘到的第一位老师。”

我答应了他，我当然不是阳明最重要的老师，他之所以第一个想到我，完全是因为我身在台湾，他要请的其他旅美学人一时还无法联络上。

韩院长办学极拼，九年后死于脑瘤。

我原来觉得赴阳明教书，是为一个学者的情义所动。而对我自己——一个“中文系人”——的学术前途而言，则是一种牺牲。其实也不尽然，以前我只需面对文学院的学生，讨论一首诗一阕词，心里想的是词牌，是平仄，是对仗。现在，面对文学院以外的人，我发现需要另一套对话的本领，另一番思考的方法，医学院的人文教学也自有其迷人处。我后来为时报出版的中国经典丛书写古典戏曲的部分，最近三年又为编译馆编写小学、初中、高中的诗学教材，都是基于想带文学走出文学院的心情。

一九七一年，出版界有一盛事，当时有位早慧诗人黄荷生，办了一家巨人出版社，这家出版社发愿要出一套《现代中国文学大系》，选的是一九五〇年到一九七〇年的文章，我负责编散文部分。

参加编选的同人似乎第一次好好盘点了自己这块土地上的文学实力，知道我们其实拥有这么多卓然成家的好手。此书于一九七二年一月出版，后来在海外的中文教学上很有用，而且居然也没赔本。

而我们这些编者，很幸运地也都纷纷活着，活到一九八八年，忽然有一天，九歌出版社的蔡文甫先生又邀我们开会，原来他为了要庆祝“五四”的七十周年，打算再编一套《现代文学大系》，时间是从一九七〇年到一九八九年。

相较之下，上次编的只有八册，每册厚约一厘米半，这次却有十五册，每册厚约三厘米。以前只包括诗、散文、小说，现在则增加了戏剧和文学批评。从前没有付过转载费（那年头，不讲什么知识产权，讲的是“欢迎翻印，以广为流传”），现在则一一征询同意，十七年过去，我们有理由更满意今天的成绩。

忽然发现一项真理，讲“不朽”，是圣人的事。至于我们这些必朽之辈的“人生第一要务”，就是要“好好活着”。譬如那朱桥，（忘了，他死于一九六九年吧？）今天提起他的名字，知道的人又有几个呢？他三番五次自杀，终于如愿，他要是不死，就会发现自己在文化和婚姻市场上都忽然成了抢手货。他是和弦、梅新都可以平起平坐的人物。唉，他其实只需再熬几年，就可以看到“形势一片大好”——就算“形势一片大坏”，我也须活着才能看得见管得着啊！

我因活着，可以又来编一次规模更正式的文学大系，算来真是无限欣慰。

女儿系上公演，我去看，女主角在台上巧笑倩兮，啊，她不就是我那位才子型好友的生死难舍的恋人吗？她的人和她的戏都和二十年前一样俏美。啊——不对，不对，那美丽的女子早已另嫁，这一位，是她的侄女。

前不久，陪女儿去考研究所，她考上了，那正是她父亲当年读的研究所。我想，凡我凡夫俗子，除了以“活着”为第一要务外，第二要务就该是结婚生小孩了。人生仿佛因而从“直线单行道”变成了“周而复始的圆形跑道”。在我们和“永恒”角力，注定要输的战局里，一旦有了第二代，便立刻有了“屡败屡战”的新筹码，就可以跟对手再歪打胡缠一阵，说不定也能赢回一局半局亦未可知。

一句好话

小时候过年，大人总要我们说吉祥话，但碌碌半生，竟有一天我也要教自己的孩子说吉祥话了，才蓦然警觉这世间好话是真有的，令人思之不尽，但却不是“升官”“发财”“添丁”这一类的。好话是什么呢？冬夜的晚上，从爆白果的馨香里，我有一句没一句地想起来了……

一

“你们爱吃肥肉，还是瘦肉？”

讲故事的是个年轻的女佣人，名叫阿密，那一年我八岁，听善忘的她一遍遍重复讲这个她自己觉得非常好听的故事，不免烦腻，故事是这样的：

有个人啦，欠人家钱，一直欠，欠到过年都没有还哩，因为没有钱还嘛。后来那个债主不高兴了，他不甘心，所以到了吃年夜饭的时候，就偷偷跑到欠钱的家里，躲在门口偷听，想知道他是真没有钱还是假没有钱，听到开饭了，那欠钱的说：“今年过年，我们来大吃一顿，你们小孩子爱吃肥肉，还是瘦肉？”

（顺便插一句嘴，这是个老故事，那年头的肥肉瘦肉都是无上美味。）

那债主站在门外，听得清清楚楚，气得要死，心里想：你欠我钱，害我过年不方便，你们自己原来还有肥肉瘦肉拣着吃哩！他一气，就冲进屋里，要当面给他好看，等跑到桌上一看，哪里有肉，只有一碗萝卜一碗番薯，欠钱的人站起来说："没有办法，过年嘛，萝卜就算是肥肉，番薯就算是瘦肉，小孩子嘛！"

原来他们的肥肉就是白白的萝卜，瘦肉就是红红的番薯。他们是真穷啊，债主心软了，钱也不要了，跑回家去过年了。

许多年过去了，这个故事每到吃年夜饭时总会自动回到我的耳畔，分明已是一个不合时宜的老故事，但那个穷父亲的话多么好啊，难关要过，礼仪要守，钱却没有，但只要相恤相存，菜根也自有肥腴厚味吧！

在生命宴席极寒俭的时候，在关隘极窄极难过的时候，我仍要打起精神对自己说："喂，你爱吃肥肉，还是瘦肉？"

二

"我喜欢跟你用同一个时间。"

他去欧洲开会，然后转美国，前后两个月才回家，我去机场接他，提醒他说："把你的表拨回来吧，现在要用北京时间了。"

他愣了一下，说："我的表一直是北京时间啊！我根本没有拨过去！"

"那多不方便！"

"也没什么，留着北京时间我才知道你和小孩在干什么，我才能想象，现在你在吃饭，现在你在睡觉，现在你起来了……我喜欢跟你用同一个时间。"

他说那句话，算来已有十年了，却像一幅挂在门额的绣锦，鲜色的底子历经岁月，却仍然认得出是强旺的火。我和他，只不过是凡世中，平凡又平凡的男子和女子，注定是没有情节可述的人，但久别乍逢的淡淡一句话里，却也有我一生惊动不已、感念不尽的恩情。

三

“好咖啡总是放在热杯子里的！”

经过罗马的时候，一位新识不久的朋友执意要带我们去喝咖啡。

“很好喝的，喝了一辈子难忘！”

我们跟着他东抹西拐大街小巷地走，石块拼成的街道美丽繁复，走久了，让人会忘记目的地，竟以为自己是出来踏石块的。

忽然，一阵咖啡浓香侵袭过来，不用主人指引，自然知道咖啡店到了。

咖啡放在小白瓷杯里，白瓷很厚，和中国人爱用的薄瓷相比另有一番稳重笃实的感觉。店里的人都专心品咖啡，心无旁骛。

侍者从一个特殊的保暖器里为我们拿出杯子，我捧在手里，忍不住讶道：“咦，这杯子本身就是热的哩！”

侍者转身，微微一躬，说：“女士，好咖啡总是放在热杯子里的！”

他的表情既不兴奋，也不骄矜，甚至连广告意味的夸大也没有，只是淡淡地在说一件天经地义的事而已。

是的，好咖啡总是应该斟在热杯子里的，凉杯子会把咖啡带凉了，香气想来就会蚀掉一些，其实好茶好酒不也都如此吗？

原来连“物”也是如此自矜自重的，《庄子》中的好鸟择枝而栖，西洋故事里的宝剑深揳石中，等待大英雄来抽拔，都是那么清高而自信，不肯轻易亵慢了自己。古代的禅师每从喝茶啜粥去感悟众生，不知道罗马街头那端咖啡的侍者也有什么要告诉我的，我多愿自己也是一份千研万磨后的香醇，并且慎重地斟在一只洁白温暖的厚瓷杯里，带动一个美丽的清晨。

四

“将来我们一起老。”

其实，那天的会议倒是很正经的，仿佛是有关学校的研究和发展之类的。

有位老师，站了起来，说：“我们是个新学校，老师进来的时候都一样年轻，将来要老，我们就一起老了……”

我听了，简直是急痛攻心，赶紧别过头去，免得让别人看见我的眼泪——从来没想到原来同事之间的萍水因缘也可以是这样的一生一世啊！学院里平日大家都忙，有的分析草药，有的解剖小狗，有的带学生做手术，有的正埋首典籍……研究范围相差既远，大家都不暇顾及别人，然而在一年一度的后山蝉鸣里，在一阵阵的上课钟声间，在满山台湾相思芬芳的韵律中，我们终将垂垂老去，一起交出我们的青春而老去。

能为一个学校而老，能跟其他的一时俊彦一起老，能看着一批批的孩子长大而心安理得地老去，也算是一种幸福吧？

五

“你长大了，要做人了！”

汪老师的家是我读大学的时候就常去的，他们没有子女，我在那里从他读《花间词》，跟着他的笛声唱昆曲，并且还留下来吃温暖的羊肉涮锅……

大学毕业，我做了助教，依旧常去。有一次，为了买不起一本昂价的书便去找老师给我写张名片，想得到一点折扣优待。等名片写好了，我拿来一看，忍不住叫了起来：“老师，你写错了，你怎么写‘兹介绍同事张晓风’，应该写‘学生张晓风’的呀！”

老师把名片接过去，看看我，缓缓地说：“我没有写错，你不懂，就是要这样写的，你以前是我的学生，以后私底下也是，但现在我们在一所学校里，你是助教，我是教授，阶级虽不同却都是教员，我们不是同事是什么！你不要小孩子脾气不改，你现在长大了，要做人了，我把你写成同事是给你做脸，不然老是‘同学’‘同学’的，你哪一天才成人？要记得，你长大了，要做人了！”

那天，我拿着老师的名片去买书，得到了满意的折扣，至于省掉了多少钱我早已忘记，但不能忘记的却是名片背后的那番话。直到那一刻，我才在老师的爱纵推重里知道自己是与学者同其尊、与长者同其荣的，我也许看来不“像”老师的同事，却已的确“是”老师的同事了。

竟有一句话使我一夕成长。

一 番

让我话从两头说起：

有一年，带孩子去日本玩儿，八月底九月初的天气，不料早晨薄凉，于是叫儿子穿件套头毛衣出去。逛到浅草一带，太阳出来了，忽然之间天气又恢复为夏日，孩子热得受不了，我只好打破旅游不购物的原则，去小店里为他找一件T恤。

找到一件草绿色的，那绿像军服的绿，胸前有两个橘色大字：一番。

一番？我有点儿吃惊，一番什么？一番春梦？一番爱情？总之，不管什么活动，也只是走过一番罢了。

儿子后来飞快地长大了，这件衣服他再穿不下，我只好捡来自己穿。

故事的另一端是我有个香港地区的朋友，男的，他有位女秘书赴日本开会，他因业务需要便带着这位女秘书同行。不料这位女秘书一到日本立刻跟一位日本男孩热恋起来。会开完了，男孩竟抛开了学业跟她回香港，女秘书当然辞了职结婚去了。男孩没有了学历，在香港又举目无亲，二人便到澳门去做导游，专做日本观光客生意。后来女的生了孩子，算是恩恩爱爱的一对标准夫妻。

有一天，这位朋友带我去澳门玩儿，加上他的公司员工，浩浩荡荡一队人马。到了澳门，想起从前那位女秘书，便打电话叫他们一家也来聚聚，于是他们抱着孩子前来赴宴。

而那天，我身上便穿着那件“一番”衫。朋友介绍之后，日本男孩盯着我看了一下，忍住什么似的，欲言又止，终于没有说话。宴席快吃完了，男孩向我举杯，并且结结巴巴地开了口：“你这件 T 恤，有没有多的一件？如果有，可不可以让给我，如果没有，可不可以就把这件让给我——这日本制的 T 恤，让我想起家来。”

我摇摇头，这件衣服有我和儿子共同的记忆，我舍不得卖它。男孩也很知趣，不再说什么。

我乘机问他“一番”在日本是什么意思，他说是“第一”的意思，我哑然失笑，原来不是指人生的一番历练。

那天晚上的饭局，他的脸上写满了落寞。

看得出来他深爱妻小，对自己的行业也很投入，但他脸上的落寞令我不忍。

大概，人类总有一个角落，是留给自己的族人的，那个角落，连爱情也填它不满。

正在发生

去菲律宾玩，走到某处，大家在草坪上坐下，有侍者来问，要不要喝椰汁，我说要。

只见侍者忽然化身成猴爬上树去，他身手矫健，不到两分钟，他已把现摘的椰子放在我面前，洞已凿好，吸管也已插好，我目瞪口呆。

又有一次，中午进一家餐厅，点了鱼——然后我就看到白衣侍者跑到庭院里去，在一棵矮树上摘柠檬。过不久，鱼端来，上面果真有四分之一个柠檬。

“这柠檬，就是你刚才在院子里摘的吗？”我问。

“是呀！”

我不胜钦慕，原来他们的调味品就长在院子里的树上。

还有一次，宿在恒春农家。清晨起来，槟榔花香得令人心神恍惚。主人为我们做了“菜脯蛋”配稀饭，极美味，三口就吃完了。主人说再炒一盘，我这才发现他是跑到鹅舍草堆里去摸蛋的，不幸被母鹅发现，母鹅气红了脸，叽嘎大叫，主人落荒而逃。第二盘蛋便在这有声有色的场景配乐中端上来，我这才了解那蛋何以那么鲜香。而母鹅訾骂不绝，掀天翻地，我终于恍然大悟，原来每一枚蛋的来历都如希腊神话中普罗米修斯盗天火，又如《白蛇传》故事中的“盗仙草”，都是一种非分。我因妄得这非分之惠而感念谢恩——这些，都是十年前的事了。今晨，微雨的窗前，坐忆旧事，心中仍充满愧疚和深谢，对那只鹅。一只蛋，对它而言原是传宗接代、存亡续绝的大事业啊！

丈夫很少去菜场，大约一年一两次，有一次要他去补充点小东西，他却该买的不买，反而买了一大包鱼丸回来，诘问他，他说："他们正在做哪！刚做好的鱼丸！我亲眼看见他在做的呀，所以就买了。"

用同样的理由，他在澳洲买了昂贵的羊毛衣，他的说辞是："他们当着我的面纺羊毛，打羊毛衣，当然就忍不住买了！"

因为看见，因为整个事件发生在我面前，因为是第一手经验，我们便感动。

但愿我们的城市也充满"正在发生"的律动，例如一棵你看着它长大的树，一个逐渐成了气候的街头剧场，一股慢慢成形的政治清流，无论什么事，亲自参与了它的发生过程，总是动人的。

回首风烟

“喂，请问张教授在吗？”电话照例从一早就聒噪起来。

“我就是。”

“嘿！张晓风！”对方的声音忽然变得又急又高又鲁直。

我愣一下，因为向来电话里传来的声音都是客气的、委婉的、有所求的，这直呼名字的作风还没听过，一时竟不知如何回答。

“你不记得我啦！”她继续用那直统统的语调，“我是李美津啦，以前跟你坐隔壁的！”

我忽然舒了一口气，怪不得，原来是她，三十年前的初中同学，对她来说，“教授”“女士”都是多余的装饰词。对她来说，我只是那个简单的穿着绿衣黑裙的张晓风。

“我记得！”我说，“可是你这些年在哪里呀？”

“在美国，最近刚回来。”

那天早晨我忽然变得很混乱，一个人时而抛回三十年前，时而急急奔回现在。其实，我虽是“北一女”的校友，却只读过两年，以后因为父亲调职，举家南迁，便转学走了，以后再也没有遇见这批同学。忙碌的生涯，使我渐渐把她们忘记了，奇怪的是，电话一来，名字一经出口，记忆又复活了，所有的脸孔和声音都逼到眼前来。时间真是一件奇妙的东西，像火车，可以向前开，也可沿着轨道倒车回去；而记忆像呼吸，吞吐之间竟连自己也不自觉。

终于约定周末下午到南京东路去喝咖啡，算是同学会。我兴奋万分地等待那一天，那一天终于来了。

走进预订的房间，第一个看到的是坐在首席的理化老师，她教我们那年师大毕业不久，短发、浓眉大眼、尖下巴、声音温柔，我们立刻都爱上她了，没想到三十年后她仍然那样娴雅端丽。和老师同样显眼的是罗，她是班上的美人，至今仍保持四十五公斤的体重。记得那时候，我真觉得她是世间第一美女，医生的女儿，学钢琴，美目雪肤，只觉世上万千好事都集中在她身上了，大二就嫁给实业巨子的独生孙子，嫁妆车子一辆接一辆走不完，全班女同学都是伴娘，席开流水……但现在看她，才知道在她仍然光艳灿烂的美丽背后，她也曾经结结实实地生活过。财富是有脚的，家势亦有起落，她让自己从公司里最小的职员干起，熟悉公司的每一部门业务，直到现在，她晚上还去修管理的学分。我曾视之为公主为天仙的人，原来也是如此脚踏实地在生活着的啊。

“喂，你的头发有没有烫？”有一个人把箭头转到迟到的我身上。

“不用，我天生鬈发。”我一边说，一边为自己生平省下的烫发费用而得意。

“现在是好了，可是，从前，注册的时候，简直过不了关，训育组的老师以为我是趁着放假偷偷去烫过头，说也说不清，真是急得要哭。”

大家笑起来。咦？原来这件事过了三十年再拿来说，竟也是好笑好玩的了。可当时除了含冤莫白急得要哭之外，竟毫无对策，那时会气老师、气自己，气父母遗传给了我一头怪发。

然后又谈各自的家人。李美津当年，人长得精瘦，调皮捣蛋不爱读书，如今却生了几个品学兼优的孩子，做起富富态态的贤妻良母来了；魏当年画图画得好，可惜听爸爸的话去学了商，至今念念不忘美术。

“从前你们两个做壁报，一个写、一个画，弄到好晚也回不了家，我在旁边想帮忙，又帮不上。”

“我怎么想不起来有这么一回事？”

“语文老师常拿你的作文给全班传阅。”

奇怪，这件事我也不记得了。

记得的竟是一些暗暗的羡慕和嫉妒，例如施，她写了一篇《模特儿的独白》，让橱窗里的模特儿说话。又命名如罗珞珈，她写小时候的四川，写“铜脸盆里诱人的兔肉”。我当时只觉得她们都是天纵之才。

话题又转到音乐，那真是我的暗疤啊。当时我们要唱八分之六的拍子，每次上课都要看曲谱试唱，那么简单的东西不会就是不会，上节课不会下节课便得站着上，等会唱了，才可以坐下。可是，偏偏不会，就一直站着，自己觉得丢脸死了。

“我现在会了，123 —— 12 —— 32 ……”我一路唱下来，大家笑起来，“你们不要笑啊，我现在唱得轻松，那时候却一想到音乐课就心胆俱裂。每次罚站也是急得要哭……”

大家仍然笑。真的，原来事过三十年，什么都可以一笑了之。还有，其实理化老师也苦过一番，她教完我们不久就辞了职，嫁给了一个医学院的学生，住在酒泉街的陋巷里挨岁月，三十年过了，丈夫已成名医，分割连体婴便是他主的刀。

体育课、童军课、大扫除都被当成津津有味的话题。“喂，你们还记不记得，腕骨有八块——叫作舟状、半月、三角、豆、大多棱、小多棱、头状、钩——我到现在也忘不了。”我说，看到她们错愕的表情，我受了鼓励，继续挖下去，“还有语文老师，有一次她病了，我们去看她，她哭起来，说她宫外孕，动了手术，以后不能有小孩了，那时我们太小，只觉奇怪，没有小孩有什么好哭的呢？何况她平常又是那么要强的一个人。”

许多唏嘘，许多惊愕，许多甜沁沁的回顾，三十年已过，当时的嗔喜，当时的笑泪，当时的贪痴和悲智，此时只是咖啡杯里的一抹烟痕，所有的伤口都自然结疤，所有的果实都已含蕴成酒。

有人急着回家烧晚饭，我们匆匆散去。

原来，世事是可以在一回首之间成风成烟的，原来一切都可以在笑谈间做梦痕看的，那么，这世间还有什么不能宽心、不能放怀的呢？

辑二

尘缘

生命是纯净的火焰，我们活在世上，心中有一轮无形的太阳。

尘 缘

大约两岁吧，那时的我。父亲中午回家吃完饭，又要匆匆赶回办公室去。我不依，抓住他宽宽的军腰带不让他系上，说：“你系上这个就是要走了，我不要！”我抱住他的腿不让他走。

那时代的军人军纪如山，觉得迟到之罪近乎通敌。他一把抢回了腰带，还打了我——这事我当然不记得了，是父亲自己事后多次提起，我才印象深刻。父亲每提及此事，总露出一副深悔的样子。我有时想，挨那一顿打也真划得来啊，因而将此事记了一辈子，悔了一辈子。

“后来，我就舍不得打你了。就那一次。”他说。

那时，两岁的我不想和父亲分别。半个世纪之后，我依然要赖，依然想抓住什么留住父亲，依然对上帝说：“把爸爸留给我吧！留给我吧！”

然而上帝没有允许我的强留。

当年小小的我不知道自己为什么留不住爸爸，至今，我仍然不明白父亲为什么非走不可。当年的我知道他系上腰带就会走，现在的我知道他不思饮食、记忆涣散便也是要走。然而，我却一无长策，眼睁睁看着老迈的他杳然而逝。

记忆中小时候，父亲总是带我去田间散步，教我阅读名叫“自然”的这部书。他指给我看螳螂的卵，他带回被寄生蜂下过蛋的虫蛹。后来有一次，我和五阿姨去散步，三岁的我偏头问阿姨道：“你看，菜叶子上都是洞，是怎么来的？”

“虫吃的。”阿姨当时是大学生。

“那虫在哪里？”

阿姨答不上来，我拍手大乐。

“哼，虫变成蛾子飞跑了，你都不知道！”

我对生物的最初惊艳，来自父亲，我为此终生感激。

然而父亲自己蜕化而去的时候，我却痛哭不已。他化蝶远飏，我却总不能相信这种事竟然发生了，那么英武而强壮的，谁把他偷走了？

父亲九十一岁那年，我带他回故乡。距离他上一次回乡，隔了五十九年。

“你不是‘带’爸爸回去，是‘陪’爸爸回去。”我的朋友纠正我。

“可是，我的确是真的需要‘带’他回去。”

我们一行四人，爸爸、妈妈、我和护士。我们用轮椅把他推上飞机，推入旅馆，推进火车。火车离开南京城后不久，就到了滁县。我起先吓了一跳，“滁州”这个地方好像应该好好待在欧阳修的《醉翁亭记》里，怎么真的有个滁州在这里。我一路问父亲，现在是哪一站了，他一一说给我听，我问他下一站的站名，他也能回答上来。奇怪，平日颠三倒四的，连刚吃过午饭都会旋即忘了又要求母亲开饭，怎么一到了滁州城附近就如此凡事历历分明起来?

“姑母在哪里? ”

“渚兰。”

“外婆呢? ”

“住宝光寺。”

其他亲戚的居处他也都了如指掌，这是他魂牵梦绕的所在吧?

“大哥，你知道这是什么田? ”三叔问他。

“知道，”爸爸说，“白芋田。”

白芋就是白番薯的意思，红番薯叫红芋。

不知为什么，近年来他像小学生，总乖乖回答每一道问题。

“翻白芋秧子你会吗? ”三叔又问。

“会。”

白芋秧子就是番薯叶，这种叶子生命力极旺盛，如果不随时翻它，它就会不断抽长又不断扎根，最后白芋就长不好了。所以要不断叉起它来，翻个面，害它不能多布根，好专心长番薯。

年轻时的父亲在徐州城里念师范，每次放假回家，便帮忙干农活。我想父亲当年年轻，打着赤膊，在田里执叉翻叶，那个男孩至今记得白芋叶该怎么翻。想到这里，我心下有了一份踏实，觉得在茫茫大地上，也有某一块田是父亲亲手料理过的，我因而觉得一份甜蜜安详。

父亲回乡，许多杂务都是一位叫安营的表哥打点的，包括租车和食宿的安排。安营表哥的名字很特别，据说那年有军队过境，在村边安营，表哥就叫了这个名字。

“这位是谁你认识吗? ”我们问父亲。

“不认识。”

“他就是安营呀！”

“安营？”父亲茫然，“安营怎么这么大了？”

这组简单的对话，一天要说上好几次，然而父亲总是不能承认面前此人就是安营。上一次，回家见他，他才一岁，而今他已是儿孙满堂的六十岁老人了。去家离乡五十九年，父亲的迷糊我不忍心用“老年痴呆”来解释。两天前我在飞机上见父亲读英文报，便指些单词问他：“这是什么字？”

“西藏。”

“这个呢？”

“以色列。”

我惊讶于他一一回答正确，奇怪啊，父亲到底记得什么又到底不记得什么呢？

我们到田塍边拜谒祖父母的坟，爸爸忽然说：“我们回家去吧！”

“家？家在哪里？”我故意问他。

“家，家在屏东呀！”

我一惊，这一生不忘老家的人其实是以屏东为家的。屏东，那永恒的阳光的城垣。

有一位老妇人，是父亲的二堂婶，在所有家族人中是最老的，九十三岁了，腰杆笔直，小脚走得踏实迅快。她看了一眼，用乡下人简单而大声的语言宣布：“他迂了！”

乡人说的“迂”，就是“老年痴呆”的意思，我的眼泪立刻涌出来，我一直刻意闪避的字眼，这老妇人竟直截了当地道了出来，如此清晰而残忍。

我开始明白“父母在”和“父母健在”是不同的，但我仍依恋不舍。

父亲在南京住旅馆时有老友陈颐鼎将军来访。陈伯伯和父亲是乡故，交情素厚，但我告诉他陈伯伯在楼下，正要上来，他却勃然色变，说：“干吗要见他？他做了共产党！”

这陈伯伯曾到过台湾，训练过一批新兵，那是一九四六年。这批新兵训练得还不太好就上战场了，结果吃了败仗，便成了台籍滞留大陆的老兵，陈伯伯也就因而成了共产党人。父亲不原谅这种事。

“我一辈子都是国民党。”他说，一脸执拗。

他不明白这话不合时宜了。

陈伯伯进来，我很紧张。陈伯伯一时激动万分，紧握爸爸的手热泪直流。爸爸却淡淡的，总算没赶人家出去，我们也就由他。

“陈伯伯和我爸爸当年的事，可以说一件给我听听吗？”事后我问陈伯母。

“有一次打仗，晚上也打，不能睡，又下雨，他们两个人困极了，就穿着雨衣，背靠背地站着打盹。”

我又去问陈伯伯：“我爸爸，你对他印象最深的是什么？”

“他上进。他起先当‘学兵’，看人家黄埔出身，他就也去考黄埔。等从黄埔出来，他想想，觉得学历还不够好，又去读陆军大学，然后，又去美国……”

陈伯伯军阶一直比父亲稍高，但我看到的他只是个慈祥的老人，喃喃地说些六十年前的事情。

父亲急着回屏东，我们就尽快回来了。回来后的父亲安详贞定，我那时忽然明白，父亲回故土拜祭了祖宗，看望了半个多世纪未见面的亲友，现在心安了。

一九四九年，爸爸本来是最后一批离开重庆的。

"我会守到最后五分钟。"

他对母亲说，那时我们在广州，正要上船，他们两人把一对日本鲨鱼皮鞘的军刀各拿了一把，那算是家中比较值钱的东西，是受降时分得的战利品。

"但愿人长久，千里共婵娟。"

战争中每次分手，爸爸都写这句话给妈妈。那个时代的人令人不解，仿佛活在电影情节里，每天都是生离死别。

战争节节失利，爸爸真的撑到最后，然后，他坐上飞机飞台湾。老式的飞机必须加油，所以当天下午暂停昆明，父亲似乎很兴奋能多这一番逗留，拍电报来说打算去游滇池。母亲接到电报本来高高兴兴打算第二天迎接丈夫，却不料翌晨六点钟打开报纸，头版上斗大的字：云南省主席卢汉午夜投共。江山一夜易主，母亲掷报大恸，父亲在最后一刻被绊住了，成了共产党的俘虏，生死难卜。

那以后的情节就更像小说。由于监狱的管理有些轻疏，到后来简直比"画地为牢"还自由，监狱成了免费宿舍，各人自可出去闲逛，到时间回来吃回来住便是了。反正那时候整个版图都是共产党的，而众囚犯身无长物，又能逃到哪里去?

好在父亲遇见了一个旧日部属，那部属在战争结束后改行卖纸烟，他便给了父亲几条烟，又给了他一张假身份证，把张家闲的名字改成章佳贤，且缝了一只土灰布的大口袋做烟袋，父亲就从少将军官变成了烟贩子。背上袋子，他便直奔山区而去，以后取道越南和老挝转香港飞台湾，这一周折，使他多花了一年零二十天才和家人重逢。

那一年里我们不幸失去外婆，母亲总是胃痛，痛的时候便叫我把头枕在她胃上，说是压一压就好了。那时我小，成天到小池塘边抓小鱼来玩，忧患对我是个似懂非懂的怪兽，它敲门的时候，不归我应门。他们把外婆火化了，打算不久以后带回老家去，过了二十年，死了心，才把她葬在三张犁。

爸爸从来没跟我们提他被俘和逃亡的艰辛，许多年以后，母亲才陆续透露几句，但那些恐惧在他晚年时却一度再现。有天妈妈外出回来，他说："刚才你不在，有人来跟我收钱。"

"收什么钱？"

"他说我是甲级战俘，要收一百块钱，乙级的收五十块。"

妈妈知道他把现实和梦境搞混了，便说："你给了他没有？"

"没有，我告诉他我身上没钱，我太太出去了，等下我太太回来你跟她收好了。"

那是他的梦魇，四十多年不能抹去的梦魇，奇怪的是梦魇化解的方法倒也十分简单，只要说一句"你去找我太太收"就可以了。

幼小的时候，父亲不断告别我们，及至我十七岁读大学，便是我告别他了。我现在才知道，虽然我们共度了半个世纪，我们仍算父女缘薄！这些年，我每次回屏东看他，他总说："你是有演讲，顺便回来的吗？"

我总“嗯哼”一声带过去。我心里想说的是，爸爸啊，我不是因为要演讲才顺便来看你的，我是因为要看你才顺便答应演讲的啊！然而我不能说，他只容我“顺便”看他，他不要耽误我正事。

有一年中秋节，母亲去马来西亚探妹妹，父亲一人在家。我不放心，特别南下去陪他，他站在玄关处骂起我来：“跟你说不用回来、不用回来，你怎么又跑回来了？你回来，回去的车票买不到怎么办？叫你别回来，不听。”

我有点不知所措，中秋节，我丢下丈夫、孩子来陪他，他反而骂我。但愣住几秒钟后，我忽然明白了，这个铁骨铮铮的北方汉子，他受不了柔情，他不能忍受让自己接受爱宠，他只好骂我。于是我笑笑，不理他，且去动手做菜。

父亲对母亲也少见浪漫镜头，但有一次，他把我叫到一边，说：“你们姊妹也太不懂事了！你妈快七十的人了，她每次去台北你们就这个要五包凉面，那个要一只盐水鸭，她哪里提得动？”

母亲比父亲小十一岁，我们一直都觉得她是年轻的那一个，我们忘记她也在老。又由于想念屏东眷村老家，每次就想买点美食来解乡愁，只有父亲看到母亲已不堪提重物。

由于父亲是军人，而我们子女都不是，没有人知道他在他那行算怎样一个人物。连他得过的什么勋章，我们也弄不清楚相当于多大的战绩。但我读大学时有次站在公交车上，听几个坐在我前面的军人谈论陆军步兵学校的人事，不觉留意。父亲曾任步校的教育长、副校长，有一阵子也代理校长。我听他们说着说着就提到父亲，我心跳起来，不知他们会说出什么话来，只听一个说："他这人是个好人。"

又一个说："学问也好。"

我心中一时激动不已，能在他人口中说出自己父亲的好，真是幸运。

又有一次，我和丈夫、孩子到鹭鸶潭去玩，晚上便宿在山间。山中有几椽茅屋，是些老兵盖来做生意的，我把身份证拿去登记，老兵便叫了起来："呀，你是张家闲的女儿，副校长是我们老长官了，副校长道德学问都好的，这房钱，不能收了。"

我当然也不想占几个老兵的便宜，几经推扯，打了折扣收钱。其实他们不知道，我真正受惠的不是那一点折扣，而是从别人眼中看到的父亲正直崇高的形象。

八十九岁，父亲去做白内障手术，打了麻药还没有推入手术室，我找些话跟他说，免得他太快睡着。

"爸爸，杜甫，你知道吗？"

"知道。"

"杜甫的诗你知道吗？"

"杜甫的诗那么多，你说哪一首啊？"

"我说《兵车行》，'车辚辚'那下面是什么？"

"马萧萧。"

"再下面呢？"

"行人弓箭各在腰，爷娘妻子走相送，尘埃不见咸阳桥，牵衣顿足拦道哭，哭声直上干云霄……"

我的泪直滚滚地落下来，不知为什么，透过一千两百年前的语言，我们反而狭路相逢。

人间的悲伤，无非是生离和死别，战争是生离和死别的原因，但，衰老也是啊！父亲垂老，两目已茫茫，然而，他仍记得那首哀伤的唐诗。父亲一生参与了不少战争，而衰老的战争却是最最艰辛难支的战争吧？

我开始和父亲平起平坐地谈起诗来，是在初中阶段。父亲一时显然惊喜万分，对于女儿大到可以跟他谈诗的事几乎不能置信。在那段清贫的日子里，谈诗是有实质性好处的，母亲每在此时烙一张面糊饼，切一碟卤豆干，有时甚至还有一瓶黑松汽水。我一面吃喝，一面纵论，也只有父亲容得下我当时的胡言吧？

父亲对诗，也不算有什么深入研究，他只是熟读《唐诗三百首》而已。我小时常见他用的那本，扉页已经泛黄，上面还有他手批的文字。成年后，我忍不住偷来藏着，那是他一九四一年六月在浙江金华买的，封面用牛皮纸包好。有一天，我忽然想换掉那老旧的包书纸，不料打开一看，才发现原来这张牛皮纸是一个公文袋，那公文袋是从“国防部”寄来的，寄给联勤总部副官处处长，那是父亲在南京时的官职，算来是一九四六年、一九四七年的事了。前人惜物的真情比如今任何环保宣言都更实在。父亲走后，我在那层牛皮纸外再包它一层白纸，我只能在千古诗情里去寻觅我遍寻不获的父亲。

父亲去时是清晨五时半，终于，所有的管子都拔掉了，九十四岁，父亲的脸重归安谧祥和。我把加护病房的窗帘打开，初日正从灰红的朝霞中腾起，穆穆皇皇，无限庄严。

我有一袋贝壳，是以前旅游时陆续捡的。有一天，整理东西，忽然想到它们原是属于海洋的。它们已经暂时陪我一段时光了，一切尘缘总有个了结，于是决定把它们一一放回大海。

而我的父亲呢？那曾经剑眉星目的英飒男子，如今安在？我所挽留不住的，只能任由永恒取回。

而我，我是那因为一度拥有贝壳而聆听了整个海潮音的小孩。

母亲的羽衣

讲完了“牛郎织女”的故事，细看儿子已经垂睫睡去，女儿却犹自瞪着坏坏的眼睛。

忽然，她一把抱紧我的脖子，把我坠得发疼：

“妈妈，你说，你是不是仙女变的？”

我一时愣住，只胡乱应道：“你说呢？”

“你说，你说，你一定要说。”她固执地扳住我不放，“你到底是不是仙女变的？”

我是不是仙女变的？——哪一个母亲不是仙女变的？

像故事中的小织女，每一个女孩都曾住在星河之畔，她们织虹纺霓，藏云捉日，她们几曾烦心挂虑？她们是天神最偏怜的小女儿，她们终日临水自照，惊讶于自己美丽的羽衣和美丽的肌肤，她们久久凝视着自己的青春，被那份光华弄得痴然如醉。

而有一天，她的羽衣不见了，她换上了人间的粗布——她已决定做一个母亲。有人说她的羽衣被锁在箱子里，她再也不能飞翔了；人们还说，是她丈夫锁上的，钥匙藏在极秘密的地方。

可是，所有的母亲都明白那仙女根本就知道箱子在哪里，她也知道藏钥匙的所在，在某个无人的时候，她甚至会惆怅地开启箱子，用忧伤的目光抚摸那些柔软的羽毛，她知道，只要羽衣一着身，她就会重新回到云端，可是她把柔软白亮的羽毛拍了又拍，仍然无声无息地关上箱子，藏好钥匙。

是她自己锁住那身昔日的羽衣的。

她不能飞了，因为她已不忍飞去。

而狡黠的小女儿总是偷窥到那藏在母亲眼中的秘密。

许多年前，那时我自己还是个小女孩，我总是惊奇地窥视着母亲。

她在口琴背上刻了小小的两个字——“静鸥”，那里面有什么故事吗？那不是母亲的名字，却是母亲名字的谐音，她也曾梦想过自己是一只静栖的海鸥吗？她不怎么会吹口琴，我甚至想不起她吹过什么好听的歌，但那名字对我而言是母亲神秘的羽衣，她轻轻写那两个字的时候，她可以立刻变了一个人，她在那名字里是另外一个我所不认识的有翅的什么。

母亲晒箱子的时候是她另外一种异常的时刻，母亲似乎有些好东西，完全不是拿来用的，只为放在箱底，按时年年三伏天取出来暴晒。

记忆中母亲晒箱子的时候就是我兴奋欲狂的时候。

母亲晒些什么，我已不记得，记得的是樟木箱又深又沉，像一个混沌黝黑初生的宇宙，另外还记得的是阳光下竹竿上富丽夺人的颜色，以及怪异却又严肃的樟脑味儿，还有那我在母亲喝噤声中东摸摸、西探探的快乐。

我唯一真正记得的一件东西是幅漂亮的湘绣被面，雪白的缎子上，绣着兔子和翠绿的小白菜，以及红艳欲滴的小杨花萝卜。全幅上还绣了许多别的令人惊讶赞叹的东西，母亲一面整理，一面会忽然回过头说：“别碰，别碰，等你结婚就送给你。”

我小的时候好想结婚，当然也有点害怕。不知为什么，仿佛所有的好东西都是等结婚就自然是我的了，我觉得一下子有那么多好东西也是怪可怕的事。

那幅湘绣后来好像不知怎么消失了，我也没有细问。对我而言，那么美丽得不近真实的东西，一旦消失，是一件合理得不能再合理的事。譬如初春的桃花，深秋的红枫，在我看来都是美丽得违了规的东西，是茫茫大化一时的错误，才胡乱把那么多的美堆到一种东西上去，不然岂不叫世人都疯了？

湘绣的消失对我而言，简直就是复归大化了。

但不能忘记的是母亲打开箱子时那种欣悦自足的表情，她慢慢地看着那幅湘绣，那时我觉得她忽然不属于周遭的世界，那时候她会忘记晚饭，忘记我扎辫子的红绒绳。她的姿势细想起来，实在是仙女依恋着羽衣的姿势，那里有一个前世的记忆，她又快乐又悲哀地将之一一拾起，但是她也知道，她再也不会去拾起往昔了——唯其不会重拾，所以回顾的一刹那就特别深情与凝重。

除了晒箱子，母亲最爱回顾的是早逝的外公对她的宠爱。有时她胃痛，卧在床上，要我把头枕在她的胃上，她慢慢地说起外公。外公似乎很舍得花钱（当然也因为有钱），总是带她上街去吃点心，她总是告诉我当年的肴肉和汤包怎么好吃，甚至煎得两面黄的炒面和女生宿舍里早晨订的“冰糖”豆浆（母亲总是强调“冰糖”豆浆，因为那是比“砂糖”豆浆更为贵些的），都是超乎我想象力之外的美味。我每听她说那些事的时候，都惊讶万分——我无论如何不能把那些事和母亲联想在一起。我从有记忆时起，母亲就是一个吃剩菜的角色，红烧肉和新炒的蔬菜，简直就是理所当然地放在父亲面前的，她自己的面前永远是一盘杂拼的剩菜和一碗“擦锅饭”（擦锅饭就是把剩饭在炒完菜的锅中一炒，把锅中的菜汁擦干净了的那种饭），我简直想不出她不吃剩菜的时候是什么样子。

而母亲口里的外公、上海、南京、汤包、肴肉全是仙境里的东西，母亲每讲起那些事，总有无限温柔。她既不感伤，也不怨叹，只是那样平静地说着。她并不要把那个世界拉回来，我一直都知道这一点，我很安心，我知道下一顿饭她仍然会坐在老地方，吃那盘我们大家都不爱吃的剩菜。而到夜晚，她会照例一个门、一个窗地去检点、去上闩。她一直负责把自己牢锁在这个家里。

哪一个母亲不曾是穿着羽毛的仙女呢？只是她藏好了那件衣服，然后用最黯淡的一块粗布把自己掩藏了，我们有时以为她一直就是那样的。

而此刻，那刚听完故事的小女儿鬼鬼地在窥视着什么？

她那么小，她由何得知？她是看多了卡通，听多了故事吧？她也发现了什么吗？是在我的集邮本偶然被儿子翻出来的那一刹那吗？是在我拣出石涛画册或汉碑并一页页细味的那一刻吗？是在我猛然回首听他们弹一阕熟悉的钢琴练习曲的时候吗？抑或是在我带他们走过年年的春光，不自主地驻足在杜鹃花旁或流苏树下的一瞬间吗？

或是在我动容地托住父亲的勋章或童年珍藏的北平画片的时候，或是在我翻拣夹在大字典里的干叶之际，或是在我轻声地教他们背一首唐诗的时候……

是有什么语言自我眼中流出呢？是有什么音乐自我腕底泻过呢？为什么那小女孩会问道：“妈妈，你是不是仙女变的呀？”

我不是一个和千万母亲一样安分的母亲吗？我不是把属于女孩的羽衣收

藏得极为秘密吗？我在什么时候泄露了自己呢？

在我的书桌底下放着一个被人弃置的木质砧板，我一直想把它挂起来当一幅画，那真该是庄严的，那样承受过万万千千生活的刀痕和凿印的，但不知为什么，我一直也没有把它挂出来……

天下的母亲不都是那样平凡不起眼的一块砧板吗？不都是那样柔顺地接纳了无数尖锐的割伤却默无一语的砧板吗？

而那小女孩，是凭什么神秘的直觉，竟然会问我："妈妈，你到底是不是仙女变的？"

我掰开她的小手，救出我被吊得酸麻的脖子，我想对她说："是的，妈妈曾经是一个仙女，在她做小女孩的时候，但现在，她不是了，你才是，你才是一个小小的仙女！"

但我凝视着她晶亮的眼睛，只简单地说了一句：

"不是，妈妈不是仙女。你快睡觉。"

"真的？"

"真的！"

她听话地闭上了眼睛，旋即又不放心地睁开。

"如果你是仙女，也要教我仙法哦！"

我笑而不答，替她把被子掖好，她兴奋地转动着眼珠，不知在想些什么。

然后，她睡着了。

故事中的仙女既然找回了羽衣，大约也回到云间去睡了。

风睡了，鸟睡了，连夜也睡了。

我守在两张小床之间，久久凝视着他们的睡容。

地毯的那一端

德：

从疾风中走回来，觉得自己像是被浮起来了。山上的草香得那样浓，让我想到，要不是有这样猛烈的风，恐怕空气都会给香得凝冻起来！

我昂首而行，黑暗中没有人能看见我的笑容。白色的芦荻在夜色中点染着凉意。这是深秋了，我们的日子在不知不觉中临近了。我遂觉得，我的心像一张新帆，其中每一个角落都被大风吹得那样饱满。

星斗清而亮，每一颗都低低地俯下头来。溪水流着，把灯影和星光都流乱了。我忽然感到一种幸福，那种混沌而又陶然的幸福。我从来没有这样亲切地感受到造物的宠爱——真的，我们这样平庸，我总觉得幸福应该给予比我们更好的人。

但这是真实的，第一张贺卡已经放在我的案上了。撒满了细碎精致的透明照片，灯光下展示着一个闪烁而又真实的梦境。画上的金钟摇荡，遥遥地传来美丽的回响。我仿佛能听见那悠扬的音韵，我仿佛能嗅到那沁人的玫瑰花香！而尤其让我神往的，是那几行可爱的祝词："愿婚礼的记忆存至永远，愿你们的情爱与日俱增。"

是的，德，永远在增进，永远在更新，永远没有一个边和底——六年了，我们护守着这份情谊，使它依然焕发，依然鲜洁，正如别人所说的，我们是何等幸运。每次回顾我们的交往，我就仿佛走进博物馆的长廊。其间每一处景物都意味着一段美丽的回忆。每一件事都牵扯着一个动人的故事。

那样久远的事了。刚认识你的那年才十七岁，一个多么容易犯错误的年纪！但是，我知道，我没有错。我生命中再没有一项决定比这项更正确了。前天，大伙儿一块吃饭，你笑着说："我这个笨人，我这辈子只做了一件聪明的事。"你没有再说下去，妹妹却拍起手来，说："我知道了！"啊，德，我能够快乐地说，我也知道。因为你做的那件聪明事，我也做了。

那时候，大学生活刚刚展开在我面前。台北的寒风让我每日思念南部的家。在那小小的阁楼里，我呵着手写蜡纸。在草木摇落的道路上，我独自骑车去上学。生活是那样黯淡，心情是那样沉重。在我的日记上有这样一句话："我担心，我会冻死在这小楼上。"而这时候，你来了，你那种毫无企冀的友谊四面环护着我，让我的心触及最温柔的阳光。

我没有兄长，从小我也没有和男孩子同学过。但和你交往却是那样自然，和你谈话又是那样舒服。有时候，我想，如果我是男孩子多么好啊！我们可以一起去爬山，去泛舟。让小船在湖里任意漂荡，任意停泊，没有人会感到惊奇。好几年以后，我将这些想法告诉你，你微笑地注视着我："那，我可不愿意，如果你真想做男孩子，我就做女孩。"

而今，德，我没有变成男孩子，但我们可以去遨游，去做山和湖的梦，因为，我们将有更亲密的关系了。啊，想象中终生相爱相随该是多么美好！

那时候，我们穿着学校规定的卡其服。我新烫的头发又总是被风刮得乱蓬蓬的。想起来，我总不明白你为什么那样喜欢接近我。那年大考的时候，我蜷曲在沙发里念书。你跑来，热心地为我讲解英文文法。好心的房东为我们送来一盘春卷，我慌乱极了，竟吃得撒了一裙子。你瞅着我说："你真像我妹妹，她和你一样大。”我窘得不知如何是好，只是一径低着头，假作抖那长长的裙幅。

那些日子真是冷极了。每逢没有课的下午我总是留在小楼上，弹弹风琴，把一本拜尔琴谱都快翻烂了。有一天你对我说：“我常在楼下听你弹琴。你好像常弹那首《甜蜜的家庭》。怎样？在想家吗？”我很感激你的窃听，唯有你了解、关切我凄楚的心情。德，那个时候，当你独自听着的时候，你想些什么呢？你想到有一天我们会组织一个家庭吗？你想到我们要用一生的时间以心灵的手指合奏这首歌吗？

寒假过后，你把那沓泰戈尔诗集还给我。你指着其中一行请我看：“如果你不能爱我，就请原谅我的痛苦吧！”我于是知道发生什么事了：我不希望这件事发生，我真的不希望。并非由于我厌恶你，而是因为我太珍重这份素净的友谊，反倒不希望有爱情去加深它的色彩。

但我却乐于和你继续交往。你总是给我一种安全稳妥的感觉。从头起，我就付给你我全部的信任，只是，当时我心中总向往着那种传奇式的、惊心动魄的恋爱，并且喜欢那么一点点的悲剧气氛。为着这些可笑的理由，我耽延着没有接受你的奉献。我奇怪你为什么仍做那样固执的等待。

你那些小小的关怀常令我感动。那年圣诞节你把得来不易的几颗巧克力糖，全部拿来给我了。我爱吃笋豆里的笋子，唯有你注意到，并且耐心地为我挑出来。我常常不晓得照料自己，唯有你想到将自己的外衣披在我身上（我至今不能忘记那衣服的温暖，它在我心中象征了许多意义）。是你，敦促我读书。是你，容忍我偶发的气性。是你，仔细纠正我写作的错误。是你，教导我为人的道理。如果说，我像你的妹妹，那是你太像我大哥的缘故。

后来，我们一起得到学校的工读金，分配给我们的是打扫教室的工作。每次你总强迫我放下扫帚，我便只好遥遥地站在教室的末端，看你奋力工作。在炎热的夏季里，你的汗水滴落在地上。我无言地站着，等你扫好了，我就去擦擦桌椅，并且帮你把它们排齐。每次，当我们目光偶然相遇的时候，总感到那样兴奋。我们是这样地彼此了解，我们合作的时候总是那样完美。我注意到你手上的硬茧，它们把那虚幻的字眼十分具体地说明了。我们就在那飞扬的尘影中完成了大学课程——我们的经济从来没有富裕过；我们的日子却从来没有贫乏过，我们活在梦里，活在诗里，活在无穷无尽的彩色希望里。

记得有一次我提到玛格丽特公主在婚礼中说的一句话："世界上从来没有两个人像我们这样快乐过。"你毫不在意地说："那是因为他们不认识我们。"我喜欢你的自豪，因为我也如此自豪着。

我们终于毕业了，你在掌声中走到台上，代表全系领取毕业证书。我的掌声也夹在众人之中，但我知道你听到了。在那美好的六月清晨，我的眼中噙着欣喜的泪，我感到那样骄傲，我第一次分沾你的成功，你的光荣。"我在台上偷眼看你，"你把系着彩带的文凭交给我，"要不是中国风俗如此，我一走下台来就要把它送到你面前去的。"

我接过它，心里垂着沉甸甸的喜悦。你站在我面前，高昂而谦和，刚毅而温柔，我忽然发现，我关心你的成功，远远超过我自己的。

那一年，你在受军训。在那样忙碌的生活中，在那样辛苦的演习里，你却那样努力地准备研究所的考试。我知道，你是为谁而做的。在凄长的分别岁月里，我开始了解，存在于我们中间的是怎样一种感情。你来看我，把南部的冬阳全带来了。我一直没有告诉你，当时你临别敬礼的镜头烙在我心上有多深。

我帮着你搜集资料，把抄来的范文一篇篇断句、注释。我那样竭力地做，怀着无上的骄傲。这件事对我而言有太大的意义。这是第一次，我和你共赴一件事，所以当你把录取通知书转寄给我的时候，我竟忍不住哭了。德，没有人经历过我们的奋斗，没有人像我们这样相期相勉，没有人多年来在冬夜图书馆的寒灯下彼此伴读，因此，也就没有人了解成功带给我们的兴奋。

我们又可以见面了，能见到真真实实的你是多么幸福。我们又可以去作长长的散步，又可以蹲在旧书摊前享受一个闲散黄昏。我永不能忘记那次去泛舟。回程的时候，忽然起了大风。小船在湖里直打转，你奋力摇橹，累得一身都汗湿了。“我们的道路也许就是这样吧！”我望着平静而险恶的湖面说，“也许我使你的负担更重了。”“我不在意，我高兴去搏斗！”你说得那样急切，使我不敢正视你的目光，“只要你肯在我的船上，晓风，你是我最甜蜜的负荷。”

那天我们的船顺利地靠了岸。德，我忘了告诉你，我愿意留在你的船上，我乐于把舵手的位置给你。没有人能给我像你给我的安全感。只是，人海茫茫，哪里是我们共济的小舟呢？这两年来，为了成家的计划，我们劳累到几乎虐待自己的地步。每次，你快乐的笑容总鼓励着我。

那天晚上你送我回宿舍，当我们迈上那斜斜的山坡，你忽然驻足说：“我在地毯的那一端等你！我等着你，晓风，直到你对我完全满意。”我抬起头来，长长的道路伸延着，如同圣坛前柔软的红毯。我迟疑了一下，便踏向前去。

现在回想起来，已不记得当时是不是个月夜了，只觉得你诚挚的言辞闪烁着，在我心中亮起一天星月的清辉。

“就快了！”那以后你常乐观地对我说，“我们马上就可以有一个小小的家。你是那屋子的主人，你喜欢吧？”我喜欢的，德，我喜欢一间小小的陋屋。到天黑时分我便去拉上长长的落地窗帘，捻亮柔和的灯光，一同享受简单的晚餐。但是，哪里是我们的家呢？哪儿是我们自己的宅院呢？你借来一辆半旧的脚踏车，四处去打听出租的房子，每次你疲惫不堪地回来，我就感到一种痛楚。“没有合意的，”你失望地说，“而且太贵，明天我再去看。”

我没有想到有那么多困难，我从不知道成家有那么多琐碎的事，但最终我们总算找到一间小小的屋子了。有着窄窄的前庭，以及矮矮的榕树。朋友笑它小得像个巢，但我已经十分满意了。无论如何，我们有了可以憩息的地方。当你把钥匙交给我的时候，那重量使我的手臂几乎为之下沉。它让我想起一首可爱的英文诗：“我是一个持家者吗？哦，是的，但不止，我还得持护着一颗心。”我知道，你交给我的钥匙也不止如此。你心灵中的每一个空间我都持有一枚钥匙，我都有权径行出入。

亚寄来一卷录音带，隔着半个地球，他的祝福依然温暖地绕着我。那样多好心的朋友来帮我们整理。擦窗子的，补纸门的，扫地的，挂画儿的，插花瓶的，拥拥熙熙地挤满了一屋子。我老觉得我们的小屋快要炸了，快要被澎湃的爱情和友谊撑破了。你觉得吗？他们全都兴奋着，我怎能不兴奋呢？我们将有一个出色的婚礼，一定的。

这些日子我总是累着。去试礼服，去订鲜花，去买首饰，去选窗帘的颜色。我的心像一座喷泉，在阳光下涌溢着七彩的水珠儿。各种奇特复杂的情绪使我眩晕。有时候我也分不清自己是在快乐还是在茫然，是在忧愁还是在兴奋。我眷恋着旧日的生活，它们是那样可爱。我将不再住在宿舍里，享受阳台上的落日。我将不再偎在母亲的身旁，听她长夜话家常。而前面的日子又是怎样的呢？德，我忽然觉得自己好像要被送到另一个境域去了。那里的道路是我未走过的，那里的生活是我过不惯的，我怎能不惴惴然呢？

如果说有什么可以安慰我的，那就是：我知道你必定和我一同前去。

冬天就来了，我们的婚礼在即，我喜欢选择这季节，好和你厮守一个长长的严冬。我们屋角不是放着一个小火炉吗？当寒流来时，我愿其中常闪耀着炭火的红光。我喜欢我们的日子从黯淡凛冽的季节开始，这样，明年的春花才对我们具有更美的意义。

我即将走入礼堂，德，当婚礼进行曲奏响的时候，父母将挽着我，送我走到坛前，我的步履将飘散着如梦如幻的花香。那时，你将以怎样的微笑迎接我呢？

我们已有过长长的等待，现在只剩下最后的一段了。等待是美的，正如奋斗是美的一样，而今，铺满花瓣的红毯伸向两端，美丽的希冀盘旋而飞舞，我将去即你，和你同去采撷无穷的幸福。当金钟轻摇，蜡炬燃起，我乐于走过众人去立下永恒的誓愿。因为，哦，德，因为我知道，是谁，在地毯的那一端等我。

绿色的书简

梅梅、素素、圆圆、满满、小弟和小妹：

当我一口气写完了你们六个名字时，我的心中开始有着异样的感动，这种心情恐怕很少有人会体会的，除非这人也是五个妹妹和一个弟弟的姐姐，除非这人的弟妹也像你们一样惹人恼又惹人爱。

此刻正是清晨，想你们也都起身了吧？真想看看你们睁开眼睛时的样子呢：六个人，刚好有一打亮而圆的紫葡萄眼珠儿，想想看，该有多可爱——十二颗滴溜溜的葡萄珠子围着餐桌转动着、闪耀着，真是一宗可观的财富啊！

现在，太阳升上来，雾渐渐散去，原野上一片渥绿，看起来绵软软的，让我觉得即使我不小心，从这山上摔了下去，也不会擦伤一块皮的，顶多被弹两下，沾上一袜子洗不掉的绿罢了。还有那条绕着山脚的小河，也泛出绿色，那是另外一种绿，明晃晃的，像是抹了油似的。至于山，仍是绿色，却是一堆浓郁郁的黛绿，让人觉得，无论从哪里下手，都不能拨开一道缝儿的，让人觉得，即使刨开它两层下来，它的绿仍然不会减色的。此外，我的纱窗也是绿的，极浅极浅的绿，被太阳一照，当真就像古美人的纱裙一样缥缈了。你们想，我在这样一个染满了绿意的早晨给你们写信，我的心里又焉能不充溢着生气勃勃的绿呢？

这些年来我很少给你们写信，每次想起来心中总觉得很愧疚，其实我何尝忘记过你们呢？每天晚上，当我默默地说："求全能的天父看顾我的弟弟妹妹。"我的心情总是激动的，而你们六张小脸便很自然地浮现在我脑中，每当此际，我要待好一会儿才能继续说下去。我常想要告诉你们，我是何等喜欢你们，尽管我们拌过嘴，打过架，赌咒发誓不跟对方说话，但如今我长大了，我便明白，我们原是一块珍贵的绿宝石，被一双神奇的手凿成了精巧的七颗，又系成一串儿。弟弟妹妹们，我们真该常常记得，我们是不能分割的一串儿！

前些日子我曾给妈妈寄了一张毕业照去，不知道你们看到没有，我想你们对那顶方帽子都很感兴趣吧？我却记得，当我在照相馆中换上了那套学士服的时候，眼眶中竟充满了泪水。我常想，奋斗四年，得到一个学位，混四年何尝不也得一个学位呢？所不同的，大概唯有冠上那顶帽子时内心的感受吧！我记得那天我曾在更衣镜前痴立了许久，我想起了我们的祖父，他赶上一个科举甫废的年代，什么功名也没有取得；我也想起了我们的父亲，他是个半生戎马的军人，当然也就没有学位可谈了。则我何幸成为这家族中的第一个获得学士学位的人？这又岂是我一人之功，生长于这种乱世，而竟能在免于冻馁之外，加上进德修业的机会，上天何其钟爱我！

我不希望是我们家仅有的一顶方帽子，我盼望你们也能去争取它。真盼望将来有一天，我们老了，大家把自己的帽子和自己的儿孙的帽子都陈设出来，足足地堆上一间屋子。（记得吗？"一屋子"是我们形容数目的最高级形容词，有时候，一千一万一亿都及不上它的。）

在那顶帽子之下，你们可以看到我新剪的短发，那天为了照相，勉强修饰了一下，有时候，实在是不像样，我却爱引用肯尼迪在别人攻击他头发时所说的一句话，他说："我相信所有治理国家的东西，是长在头皮下面，而不是上面。"为了这句话，我就愈发忘形了，无论是哪一种发式，我很少把它弄得服帖过，但我希望你们不要学我，尤其是妹妹们，更应该时常修饰得整整齐齐，妇容和妇德是同样值得重视的。

当然，你们也会看到在头发下面的那双眼，尽管它并不晶莹美丽，像小说上所形容的，但你们可曾在其中发现一丝的昏暗和失望吗？没有，你们的姐姐虽然离开家，到一个遥远的陌生地去求学，但她从来没有让目光下垂过，让脚步颓唐过，她从来不沮丧，也不灰心，你们都该学她，把眼睛向前看，向无比远大的前程望去。

你们还看见什么呢？看到那件半露在学生服外的新旗袍了吧？你们同学的姐姐可能也有一件这样的白旗袍，但你们可以骄傲，因为你们姐姐的这件和她们的或许有所不同，因为我是用脑和手去赚得的，不久以后你们会发现，一个人靠努力赚得自己的衣食，是多么快乐而又多么骄傲的一件事。

最后，你们必定会注意到那件披在外面，宽大而严肃的学士服，爱穿新衣服的小妹也许很想试试吧？其实这衣服并不好看，就如获得它的过程并不平顺一样，人生中有很多东西都是这样的。美丽耀眼的东西在生活中并不多见，而获得任何东西的过程，却没有不艰辛的。

我费了这些笔墨，我所想告诉你们的岂是一张小照吗？我何等渴望让你们了解我所了解的，付上我所付出的，得着我所得着的，我何等地企望，你们都能赶上我，并且超越我！

梅梅也许是第一个步上这条路的，因为你即将高中毕业了，我希望你在最后两个月中发愤读点书，我一向认为你是很聪明的，也许是聪明的缘故，你对教科书丝毫不感兴趣。其实以往我何尝甘心读书，我是宁愿到校园中去统计每一朵玫瑰花儿的瓣儿，也不屑去做代数习题的。但是，妹妹，无论如何，我们不能勉强每一件事都如我们的意，我们固然应该学我们所爱好的东西，却也没有理由摒弃我们所不感兴趣的东西。我知道你也喜欢写作的，前些日子我偶然从一个同学的剪贴簿上发现我们两个人的作品，内心窃喜不已，这证明我们两人的作品不但被刊载，也被读者所喜爱，我为自己欣慰，更为你欣慰。你是有前途的，不要就此截断你上进的路。大学在向你招手，你来吧，大学会训练你的思想，让你通过这条路而渐渐臻于成熟和完美。

素素读的是商职，这也是好的，我们家的人都不长于计算，你好好地读，倒也可以替大家出一口气。最近家中的杧果和橄榄都快熟了，你一向好吃零食，小心别又弄得胃痛了。你有一个特点，就是喜欢漂亮的衣服，其实这也不算坏事，正好可以补我不好打扮的短处，只是还应该把自己喜欢衣服的心推到别人身上去，像杜甫一样，以天下的寒士为念，再者，将来你不妨用自己的努力去换取你所心爱的东西，这样，正如我刚才所说的，你不但能享受“获得”的喜悦，还能享受“去获得”的喜悦。

圆圆，你正是十四岁，我很了解你这种年龄的孩子，这一段日子是最不好受的了，自己总弄不清楚该算成人还是小孩，不过，时间自会带你渡过这个关口。你的英文和数学总不肯下功夫，这也是我的老毛病，如今我渐渐感到自己在这方面吃了不少的亏，你才上初二，一切从头做起，并不为晚，许多人一生的资源，都是在你这种年龄的时候贮存的。我知道，你是可造之才，我期待着看你成功，看到你初中毕业、高中毕业、大学毕业……你小时候，我的同学们每次看到你便喜欢叫你“小甜甜”，我希望你不仅让别人从你的微笑里领到一份甜蜜，更该让父母和一切关切你的人，从你的成功而得到更大的甜蜜。

至于满满，你才读小学四年级，我常为你早熟的思想担忧。五岁的时候，你画的人头已不逊于任何一位姐姐了；六岁的时候，居然能用注音字母拼着编出一些简单的故事，并且还附有插图呢！你常常恃才不好读书，而考试又每每名列前茅。其实，我并不欣赏你这种成功，我希望每一个人都尽自己的力，不管他的才分如何，上天并没有划定一批人，准许他们可以单凭才气而成功。你还有一个严重的缺点，就是好胜心太强，不管是吃的、是穿的、是用的，你从来不肯输给别人，往往为了一句话，竟可以负气忍一顿饿。记得我说你是“气包子”吗？实在和人争并不是一件好事，原来你在姐妹中可以算作最漂亮的一个。可是你自己那副恶煞的神气，把你的美全破坏了。渐渐地，你会明白，所谓美，不是尼龙小蓬裙所能撑起来的，也不是大眼睛和小嘴巴所能凑成的，美是一种说不出的品德，一种说不出的气质，也许现在你还不能体会，将来你终会领悟的。

弟弟，提到你，我不由得振奋了，虽说重男轻女的时代早已过去，但你是我们家唯一的男孩，无论如何，你有着更重要的位置。最近你长胖一点了吧？早几年我们曾打过好几架，也许再过两年我便打不过你了。在家里，我爱每一个妹妹，但无疑地，我更期望你的成功。我属蛇，你也属蛇，我们整整差了一个生肖，我盼望一个弟弟，盼望了十二年，我又焉能不偏疼你？当然我的意思并不是说我要对你宽大一点，相反地，我要严严地管你，紧紧地盯你，因为，你是唯一继承大统的，你只能成功，不能失败。

我们常爱问你长大后要做什么，你说要沿着一条街盖上几栋五层楼的百货公司，每个姐姐都分一栋，并且还要在阳台上搭一块板子，彼此沟通，大家便可以跳来跳去地玩。你想得真美，弟弟，我很高兴你是这样一个纯真可爱而又肯为别人着想的小男孩。

你也有缺点的，你太好哭了，缺乏一点男孩子气，或许是姐妹太多的缘故吧？梅姐曾答应你，只要你有一周不哭的记录，便带你去钓鱼，你却从来办不到，不是太可惜吗？弟弟，我不是反对哭，英雄也是会落泪的，但为了丢失一个水壶而哭，却是毫无道理的啊！人生的路上荆棘多着呢，那些经历将把我们刺得遍体流血，如果你现在不能忍受这一点的不顺，将来你怎能接受人生更多的磨炼呢？

最后，小妹妹，和你说话真让我困扰，你太顽皮，太野，你真该和你哥哥调个位置的。记得我小时候，总是梳着光溜溜的辫子，会在妈妈身边，听七个小矮人的故事，你却爱领着四邻的孩子一同玩泥沙，直弄得浑身上下像个小泥人儿，分不出哪是眉毛哪是脸颊，才回来洗澡。我无法责备你，你总算有一个长处——你长大以后，一定比我活泼，比我勇敢，比我能干。将来的时代，也许必须你这种典型才能适应。

你还小，有很多话我无法让你了解，我只对你说一点，你要听父母和老师的话，听哥哥姐姐的话，其实，做一个听话者比一个施教者是幸福多了，我常期待仍能缩成一个小孩，像你那样，连早晨起来穿几件衣服也不由自己决定，可惜已经不可能了。

我写了这样多，朝阳已经照在我的信笺上了，你们大概都去上学了吧？对了，你们上学的路上，不也有一片稻田吗？你们一定会注意到那新稻的绿，你们会想起你们的姐姐吗？——那生活在另一处绿色天地中的姐姐。那么，我教你们，你们应该仰首对穹苍说："求天父保佑我们在远方的晓姐姐，叫她走路时不会绊脚，睡觉时也不会着凉。"

现在，我且托绿衣人为我带去这封信，等傍晚你们放学回家，它便躺在你们的书桌上。我希望你们不要抢，只要静静地坐成一个圈儿，由一个读给大家听。读完之后，我盼望你们中间某个比较聪明的会站起来，望着庭中如盖的绿树，说："我知道，我知道姐姐为什么写这封信给我们，你们看，春天来了，树又绿了，姐姐要我们也像春天的绿树一样，不停地向上长进呢！"

当我在逆旅中，遥遥地从南来的熏风中辨出这句话，我便要掷下笔，满意地微笑了。

初 雪

诗诗，我的孩子：

如果五月的花香有其源头，如果十二月的星光有其出发的处所，我知道，你便是从那里来的。

这些日子以来，痛苦和欢欣都如此尖锐，我惊奇在它们之间区别竟是这样少。每当我为你受苦的时候，总觉得那十字架是那样轻省，于是我忽然了解了我对你的爱情，你是早春，把芬芳秘密地带给了园。

在全人类里，我有权利成为第一个爱你的人。他们必须看见你、了解你、认识你，而后决定爱你，但我不需要。你的笑貌在我的梦里翱翔，具体而又真实。我爱你没有什么可夸耀的。

你来的时候，我开始成为一个爱思想的人，我从来没有这样深思过生命的意义，这样敬重过生命的价值，我第一次被生命的神圣和庄严感动了。

因着你，我爱了全人类，甚至连那些金黄色的雏鸡，那些走起路来摇摆不定的小狗，它们全都让我爱得心疼。

我无可避免地想到战争，想到人类最不可抵御的一种悲剧。我们这一代人像菌类植物一般，生活在战争的阴影里。我们的童年便在拥塞的火车上和颠簸的海船里度过。而你，我能给你怎样的一个时代？我们既不能回到诗一般的十九世纪，也不能隐向神话般的阿尔卑斯山，我们注定生活在这苦难的年代以及中国往昔的苦难。

孩子，每思及此，我就对你抱歉，人类的愚蠢和卑劣把自己陷在悲惨的命运里。而今，在这充满核子恐怖的地球上，我们有什么给新生的婴儿？不是金锁片，不是香槟酒，而是每人平均相当一百万吨 TNT 的核子威力。孩子，当你用完全信任的眼光看这个世界的时候，你是否看得见那些残忍的武器正悬在你小小的摇篮上，以及你父母亲的大床上？

我生你于这样一个世界，我也许是错了。天知道我们为你安排了一段怎样的旅程。

但是，孩子，我们仍然要你来，我们愿意你和我们一起学习爱人类，并且和人类一起受苦或进步。不久，你将学会为这一切的悲剧而流泪——而我们的时代多么需要这样的泪水和祈祷。

诗诗，我的孩子，有了你我开始变得坚韧而勇敢。我竟然可以面对着冰冷的死亡而无惧于它的毒钩，我正视着生产的苦难而仍觉傲然。为你，孩子，我会去胜过它们。我从没有像现在这样热爱过生命，你教会我这样多成熟的思想和高贵的情操，我为你而献上感谢。

前些日子，我忽然想起《新约》上的那句话："你们虽然没有见过他，却是爱他。"我立刻明白爱是一种怎样独立的感情。当尤加利的梢头掠过更多的北风，当高山的峰巅开始落下第一片初雪的莹白，你便会来到。而在你珊瑚色的四肢还没有开始在这个世界挥舞以前，在你黑玉的瞳仁还没有照耀这个城市之前，你已拥有我们完整的爱情，我们会教导你在孩提以前先了解被爱。诗诗，我们答应你要给你一个快乐的童年。

写到这里，我又模糊地忆起江南那些那么好的春天，而我们总是伏在火车的小窗上，火车绕着山和水而行，日子似乎就那样延续着，我仍记得那满山满谷的野杜鹃！满山满谷又凄凉又美丽的忧愁！

我们是太早懂得忧愁的一代。

而诗诗，你的时代未必就没有忧愁，但我们总会给你一个丰富的童年，在你所居住的屋顶下没有属于这个世界的财富，但有许多的爱，许多的书，许多的理想和梦幻。我们会为你砌一张故事里的玫瑰花床，你便在那柔软的花瓣上游戏和休息。

当你渐渐认识你的父亲，诗诗，你会惊奇于自己的幸运，他诚实而高贵，他亲切而善良。慢慢地，你也会发现你的父母相爱得有多么深。经过这样多年，他们的爱仍然像林间的松风，清馨而又新鲜。

诗诗，我的孩子，不要以为这是必然的，这样的幸运不是每一个孩子都有的。这个世界不是每一对父母都相爱的。曾有多少个孩子在黑夜里独泣，在他们还没有正式投入人生的时候，生命的意义便已经被否定了。诗诗，诗诗，你不会了解那种幻灭的痛苦，在所有的悲剧之前，那是第一出悲剧。历史并没有教会人类相爱。诗诗，你去教他们相爱吧，像那位诗哲所说的：他们残暴地贪婪着，嫉妒着，他们的言辞有如隐藏的刀锋正渴于饮血。

去，我的孩子，去站在他们不欢之心的中间，让你温和的眼睛落在他们身上，有如黄昏的柔霭淹没那日间的争扰。

让他们看你的脸，我的孩子，因而知道一切事物的意义，让他们爱你，因而彼此相爱。

诗诗，有一天你会明白，上苍不会容许你吝守着你所继承的爱。诗诗，爱是蕾，它必须绽放，它必须在疼痛的破拆中献出芳香。

诗诗，你也教导我们学习更多更深的爱。记得前几天，一则药商的广告使我惊骇不已。

那广告是这样说的：“孩子，不该比别人的衰弱，下一代的健康关系着我们的面子。要是孩子长得比别人的健康、美丽、快乐，该多好多荣耀啊。”诗诗，人性的卑劣使我不禁齿冷。诗诗，我爱你，我答应你，永不在我对你的爱里掺入不纯洁的成分。你就是你，你永不会被我们拿来和别人比较，你不需要为满足父母的虚荣心而痛苦。你在我们眼中永远杰出，你可以贫穷、可以失败，甚至可以潦倒。诗诗，如果我们骄傲，是为你本身而骄傲，不是为你的健康美丽或者聪明。你是人，不是我们培养的灌木，我们决不会把你修剪成某种形态来使别人称赞我们的园艺天才。你可以照你的倾向生长，你选择什么样式，我们都会喜欢——或者学习着去喜欢。

我们会竭力地去了解你，我们会慎重地俯下身去听你述说一个孩童的秘密愿望，我们会带着同情与谅解帮助你度过忧闷的少年时期。而当你成年，诗诗，我们仍愿分担你的哀伤，人生总有那么些悲怆和无奈的事。诗诗，如果在未来的日子里你感觉孤单，请记住你的母亲，我们的生命曾一度相系，我会努力使这种联系持续到永恒。我再说，诗诗，我们会试着了解你，以及属于你的时代。我们会信任你——上帝从未赐下坏的婴孩。

我们会为你祈祷，孩子，我们不知道那些古老而太平的岁月会在什么时候重现。

如果这种承平永远不会重现，那么，诗诗，那也是无可抗拒、无可挽回的事。我只有祝福你的心灵，能在苦难的岁月里有内在的宁静。

常常记得，诗诗，你不单是我们的孩子，你也属于山，属于海，属于五月里无云的天空——而这一切，将永远是人类欢乐的主题。

你即将长大，孩子，每一次当你轻轻地颤动，爱情便在我的心里急速涨潮，你是小芽，蕴藏在我最深的心里，如同音乐蕴藏在长长的箫笛中。

前些日子，有人告诉我一则美丽的日本故事。说到每年冬天，当初雪落下的那一天，人们便坐在庭院里，穆然无言地凝望那一片片轻柔的白色。

那是一种怎样虔敬动人的景象！那时候，我就想到你，诗诗，你就是我们生命中的初雪，纯洁而高贵，深深地撼动着我。那些对生命的惊服和热爱，常使我在静穆中有哭泣的冲动。

诗诗，给我们的大地一些美丽的白色。诗诗，我们的初雪。

娇女篇

——记小女儿

人世间的匹夫匹妇，一家一计的过日子人家，岂能有大张狂、大得意处？所有的也无非是一粥一饭的温馨，半丝半缕的知足，以及一家骨肉相依的感恩。

女儿的名字叫晴晴，是我三十岁那年生的，强说愁的年龄过去了，渐渐喜欢平凡的晴空了。烟雨村路只宜在水墨画里，雨润烟浓只能嵌在宋词的韵律里，居家过日子，还是以响蓝的好天气为宜，女儿就叫了晴晴。

晴晴长到九岁，我们一家去恒春玩。恒春在屏东，屏东犹有我年老的爹娘守着，有桂花、玉兰花以及海棠花的院落。过一阵子，我就回去一趟。回去无事，无非听爸爸对外孙说："哎哟，长得这么大了，这小孩，要是在街上碰见，我可不敢认哩！"

那一年，晴晴九岁，我们在佳洛水玩。我到票口去买票，两个孩子在一旁等着，做父亲的一向只顾拨弄他自以为得意的照相机。就在这时候，忽然飞来一只蝴蝶，轻轻巧巧就闯了关，直接飞到闸门里面去了。

"妈妈！妈妈！你快看，那只蝴蝶不买票，它就这样飞进去了！"

我一惊。不得了，这小女孩出口成诗哩！

“快点，快点，你现在讲的话就是诗，快点记下来，我们去投稿。”

她惊奇地看着我，不太肯相信：

“真的？”

“真的。”

诗是一种情缘，该碰上的时候就会碰上，一花一叶，一蝶一浪，都可以轻启某一扇神秘的门。

她当时就抓起笔，写下这样的句子：

我们到佳洛水去玩，
进公园要买票，
大人十块钱，
小孩五块钱，
但是在收票口，
我们却看到一只蝴蝶，
什么票都没有买，
就大模大样地飞进去了。
哼！真不公平！

“这真的是诗哇？”她写好了，仍不太相信。直到九月底，那首诗登在《中华儿童》的“小诗人王国”上，她终于相信那是一首诗了。

及至寒假，她快十岁了，有天早上，她接到一通电话，接到电话以后她又急着要去邻居家。这件事并不奇怪，怪的是她从邻居家回来以后，宣布说邻居家玩伴的大姐姐，现在做了某某电视公司儿童节目的助理。那位姐姐要她去找些小朋友来上节目，最好是能歌善舞的。我和她父亲一时目瞪口呆，这小孩什么时候竟被人聘去做“小小制作人”了？更怪的是她居然一副身膺重命的样子，立刻开始筹划。她的程序如下：

一、先拟好一份同学名单，一一打电话。

二、电话里先找同学的爸爸妈妈，问曰：“我要带你的女儿（儿子）去上电视节目，你同不同意？”

三、父母如果同意，再征求同学本人同意。

四、同学同意了，再问他有没有弟弟妹妹可以一起带来。

五、人员齐备了，要他们先到某面包店门口集合，因为那地方目标大，好找。

六、她自己比别人早十五分钟到达集合地。

七、等齐了人，再把他们列队带到我们家来排演，当然啦，导演是由她自己荣任的。

八、约定第二、第三次排练时间。

九、带他们到电视台录像，圆满结束，各领一个弹弹球为奖品回家。

那几天，我们亦惊亦喜。她什么时候长得如此大了，办起事来俨然有大将之风，想起《屋顶上的提琴手》里婚礼上的歌词：

> 这就是我带大的小女孩吗？
> 这就是那戏耍的小男孩？
> 什么时候他们竟长大了？
> 什么时候呀，他们？

想着，想着，百感交集，一时也说不清悲喜。

又有一次，是夜晚，我正在给她到香港小留的父亲写信，她拿着一本地理书来问我："妈妈，世界上有没有一条三寸长的溪流？"

小孩的思想真令人惊奇。大概出于不服气吧，为什么书上老是要人背最长的河流、最深的海沟、最高的主峰以及最大的沙漠？为什么没有人理会最短的河流呢？那件事后来也变成了一首诗：

我问妈妈：
"天下有没有三寸长的溪流？"
妈妈正在给爸爸写信，
她抬起头来说：
"有——
就是眼泪在脸上流。"
我说："不对，不对——
溪流的水应该是淡水。"

初冬的晚上，两个孩子都睡了，我收拾他们做完功课的桌子，竟发现一张小小的宣传单，一看之下，不禁大笑起来。后生毕竟是如此可畏，忙叫她父亲来看。这份宣传单内容如下：

你想学打毛线吗？教你钩帽子、围巾、小背心。一个钟头才两元哦！（毛线自备或交钱买，随意。）

时间：周一至周六早上，周日下午。

寒假开始。

需者向林质心登记。

这种传单她写了许多份，看样子是广做宣传用的。我们一方面惊讶她的企业精神，一方面也为她的大胆吃惊。她哪里会钩背心，只不过背后有个奶奶，到时候现炒现卖，想来也要令人捏冷汗。这个补习班后来没有办成，现代小女生不爱钩毛线，她也只有自叹无人来续绝学。据她自己说，她这个班是“服务”性质，一小时两元是象征性的学费，因为她是打算“个别教授”的。这点约略可信，因为她如果真想赚钱，背一首绝句我付她四元，一首律诗是八元，余价类推。这样稳当的“背诗薪水”她不拿，却偏要去“创业”，唉！

女儿用钱极省，不像哥哥，几百块钱的邮票一套套地买。她唯一的嗜好是捐款，压岁钱全被她成千成百地捐掉了。每想劝她几句，但劝孩子少做爱心捐款，总说不出口，只好由她。

女儿长得高大红润，在班上是体形方面的头号人物，自命为全班女生的保护人。有哪个男生敢欺负女生，她只要走上前去瞪一眼，那个男生便有泰山压顶之惧。她倒不出手打人，并且一本正经地说：“我们空手道老师说的，我们不能出手打人，会打得人家受不了的。”

俨然一副名门大派的高手之风，其实，也不过是个“白带级”的小侠女而已。

她一度官拜“文化部长”，负责一个“图书柜”，成天累得不成人形。因为要为一柜子的书编号，并且负责敦促大家好好读书，又要记得催人还书，以及要求大家按号码放书……

后来她又受命做卫生排长，才发现指挥人扫地擦桌原来也是那么复杂难缠，人人都嫌自己的工作重，她气得要命。有一天，我看到饭桌上一包牛奶糖，很觉惊奇，她向来不喜甜食的。她看我挪动她的糖，急得大叫："妈妈，别动我的糖呀！那是我自己的钱买的呀！"

"你买糖干什么？"

"买给他们吃的呀，你以为带人好带啊？这是我想了好久才想出来的办法呀！哪一个好好打扫卫生，我就请他吃糖。"

快月考了，桌上又是一包糖。

"这是买给我学生的奖品。"

"你的学生？"

"是呀，老师叫我做 ×× 的小老师。"

×× 的家庭很复杂，那小女孩从小便有种种花招，女儿却对她有百般的耐心，每到考期女儿自己不读书，却累得上气不接下气地教她。

"我跟她说，如果数学考四十五分以上就有一块糖，五十分两块，六十分三块，七十分四块……"

"什么？四十五分也有奖品？"

"啊哟，你不知道，她什么都不会，能考四十分，我就高兴死啦！"

那次月考，她的高足考了二十多分，她仍然赏了糖。她说："也算很难得啰！"

我正在聚精会神地看一本书，她走到我面前来："我最讨厌人家说我是好学生了！"

我本来不想多理她，只“哦”了一声，转而想想，不对。我放下书，在灯下看她水蜜桃似的有着细小茸毛的粉脸：“让我想想，你为什么不喜欢人家叫你‘好学生’。哦！我知道了，其实你愿意做好学生的，但是你不喜欢别人强调你是‘好学生’。因为有‘好学生’，就表示另外有‘坏学生’，对不对？可是那些‘坏学生’其实并不坏，他们只是功课不好罢了。你不喜欢人家把学生分成两种，你不喜欢在同一个班上有这样的歧视，对不对？”

“答对了！”她脸上掠过被了解的惊喜以及好心意被窥知的羞赧，语音未落，人已跑跑跳跳到数丈以外去了。毕竟，她仍是个孩子啊！

那天，我正在打长途电话，她匆匆递给我一首诗：“我在作文课上随便写的啦！”

我停下话题，对女伴说：“我女儿刚送来一首诗，我念给你听，题目是《妈妈的手》。”

婴孩时——
妈妈的手是冲牛奶的健将，
我总喊：“奶，奶。”
少年时——
妈妈的手是制便当的巧手，
我总喊：“妈，中午的饭盒带什么？”
青年时——
妈妈的手是找东西的魔术师，
我总喊：“妈，我东西不见啦！”

新娘时——

妈妈的手是奇妙的化妆师，

我总喊："妈，帮我搭口红。"

中年时——

妈妈的手是轻松的手，

我总喊："妈，您不要太累了！"

老年时——

妈妈的手是我思想的对象，

我总喊："谢谢妈妈那双大而平凡的手。"

然后，我的手也将成为另一个孩子思想的对象。

念着念着，只觉哽咽。母女一场，因缘也只在五十年内吧！其间并无可以书之于史、勒之于铭的大事，只是细细琐琐的俗事俗务。但是，俗事也是可以入诗的，俗务也是可以萦人心胸，久而芬芳的。

世路险巇，人生实难，安家置产，也无非等于衔草于老树之巅，结巢于风雨之际。如果真有可得意的，大概止于看见小儿女的成长如小雏鸟张目振翅，渐渐地能跟我们一起盘桓上下，并且渐渐地既能出入青云，亦能纵身人世。所谓得意事，大约如此吧！

别人的同学会

出门的时候，她蔫蔫的，一副意兴阑珊的样子。

多年夫妻了，装高兴的那种把戏看来也大可不必了。装假，实在是很累人的事，更何况，装得不好是会给人拆穿的，反而没趣。

他应该也看出来了，但大概由于理亏，也就不好意思说什么。两人叫了出租车，便往豪华饭店驰去。她本来就讨厌吃“泼费”（“尽量吃饱”的意思），何况又是去跟丈夫的同学吃。

世上无聊的事很多，陪配偶的老同学吃饭大概也算一桩吧？今天的晚宴，她想象起来，也不觉得会有什么乐趣。所谓“老友”，本来天经地义，就该有点排外。老友聊天如果不能令别人目瞪口呆，只言片语也插不进，那也不叫“老友”了。

这种场合，她知道，做妻子的去了，实在了无生趣。但不去，又显得做丈夫的没面子，连个老婆也搬不动，只好勉勉强强、无精打采地去走一遭。等一下，等到达饭店，她会把笑容拿出来挂上脸去，她会把自己装作“鸽派人士”。但现在，她想要休息一下，她把自己缩成一条还没有吹胀的气球，萎皱且扭曲，窝在座椅上。

坐上桌以后，果不出所料，几个男人开始大谈想当年，女人则静静地听，静静地吃，完全插不上嘴。同学会这种地方是不该带配偶的，太不人道了，她想，各人跑各人自己的同学会才对。好在几个太太都是质朴的人，大家低头吃东西，倒也相安。曾经碰到某些太太没话找话说，那才叫累人。

忽然，话锋一转，他们谈到了作弊。而且，他们一致把眼睛望向她的丈夫。

“哎呀，真的，我们班上唯一考试不作弊的人，就是你呀！”

“对呀，就是你，只有你一个！”

她吃了一惊，原来他是唯一的一个！她自己考试不作弊，总以为天下人都该不作弊，没料到丈夫当年竟是唯一的一个。

“那你呢？你也作弊啦！”有个太太多此一举地瞪眼问自己的丈夫。

“我不作我就毕不了业了！”那丈夫理直气壮地回答。

她默默地吃着，什么话也没讲。心里却对自己说，啊，想来那男孩当年也蛮可爱的，虽然现在的他已是“忠厚”人士，虽然他坐在自己身边竭力不为那份诚实而自得自豪。他的确是个诚实的君子，相处三十多年后，她倒也能为这句话盖上印章，打上包票。

“有时去参加别人的同学会倒也不完全是无聊的事。”

回家的路上，挽着丈夫的手，她想。

辑三 我在

树在。山在。大地在。岁月在。我在。你还要怎样更好的世界？

我　在

记得是小学三年级，我偶然生病，不能去上学。于是抱膝坐在床上，望着窗外寂寂青山、迟迟春日，心里竟有一份巨大幽沉至今犹不能忘的凄凉。当时因为小，无法对自己说清楚那番因由，但那份痛，却是记得的。

为什么痛呢？现在才懂，只因你知道，你的好朋友都在那里，而你偏不在，于是你痴痴地想，他们此刻在升旗吗？他们此刻在操场上追追打打吗？他们在教室里挨骂吗？他们到底在干什么啊？不管是好是歹，我想跟他们在一起啊！一起挨骂挨打都是好的啊！

于是，开始喜欢点名，大清早，大家都坐得好好的，小脸还没有开始脏，小手还没有汗湿，老师说："×××"

"在！"

正经而清脆，仿佛不是回答老师，而是回答宇宙乾坤，告诉天地，告诉历史，说，有一个孩子"在"这里。

回答"在"字，对我而言总是一种饱满的幸福。

然后，长大了，不必被点名了，却迷上旅行。每到山水胜处，总想举起手来，像那个老是睁着好奇圆眼的孩子，回一声："我在。"

"我在"和"某某到此一游"不同，后者张狂跋扈，目无余子，而说

“我在”的仍是个清晨去上学的孩子，高高兴兴地回答长者的问题。

其实人与人之间，或为亲情或为友情或为爱情，哪一种亲密的情谊不能基于我“在”这里，刚好，你也“在”这里的前提？一切的爱，不就是“同在”的缘分吗？而身为一个人，我对自己“只能出现于这个时间和空间的局限”感到另一种可贵，仿佛我是拼图板上扭曲奇特的一块小形状，单独看，毫无意义，及至恰巧嵌在适当的时空，却也是不可少的一种。天神的存在是无始无终、浩浩莽莽的无限，而我是此时际此山此水中的有情和有觉。

有一年，和丈夫带着一团的年轻人到美国和欧洲去表演，我坚持选崔颢的《长干行》作为开幕曲，在一站复一站的陌生城市里，舞台上碧色绸子抖出来粼粼水波，唐人乐府悠然导出：

君家何处住？
妾住在横塘。
停船暂借问，
或恐是同乡。

渺渺烟波里，只因错肩而过，只因你在清风我在明月，只因彼此皆在这地球，而地球又在太虚，所以不免停舟问一句话，问一问彼此隶属的籍贯，问一问昔日所生、他年所葬的故里。那年夏天，我们也是这样一路去问海外中国人的隶属所在啊！

一九八三年九月二十四日我到香港教书，翌日到超级市场买些日用品，只见人潮涌动，米、油、罐头、卫生纸都被抢购一空。当天港币与美金的汇率跌至最低点，已到了十与一之比。朋友都替我惋惜，因为薪水贬值等于减了薪。当我望着快被搬空的超级市场时，心里竟像痛惜生病的孩子一般地爱上这块土地。我不是港督，不是黄华，左右不了港人的命运。但此刻，我站在这里，跟缔造了经济奇迹的香港人在一起。而我，仍能应邀在中文系里教古典诗，至少有半年的时间，我可以跟这些可敬的同胞并肩，不能做救星，只是“在一起”，只是跟年轻的孩子一起回归于故国的文化。

《旧约》里记载了一则三千年前的故事，那时老先知以利因年迈而昏聩无能，坐视宠坏的儿子横行。小先知撒母耳却仍是幼童，懵懵懂懂地穿件小法袍在空旷的大圣殿里走来走去，然而，事情发生了，有一夜他听见轻声的呼唤：“撒母耳！”

他虽渴睡却是个机警的孩子，跳起来，便跑到老人以利面前：“你叫我，我在这里！”

“我没有叫你，”老态龙钟的以利说，“你去睡吧！”

孩子躺下，他又听到相同的叫唤：“撒母耳！”

“我在这里，是你叫我吧？”他又跑到以利跟前。

“不是，我没叫你，你去睡吧。”

第三次他又听见那召唤的声音，小小的孩子实在给弄糊涂了，但他仍然尽快跑到以利面前。

老以利蓦然一惊，原来孩子已经长大了，原来他不是小孩子梦里听错了话，不，他已听到第一次天音，他已面对神圣的召唤。虽然他只是一个稚弱的小孩，虽然他连什么是“天之钟命”也听不懂，可是，旧时代毕竟已结束，少年英雄会受上苍的安排挑起八方风雨。

“小撒母耳，回去吧！有些事，你以前不懂，如果你再听到那声音，你就说：‘神啊！请说，我在这里。’”

撒母耳果真第四度听到声音，夜空烁烁，廊柱耸立如历史，声音从风中来，声音从星光中来，声音从心底的潮声中来，来召唤一个孩子。撒母耳自此至死，一直是个威仪赫赫的先知，只因多年前，当他还是稚童的时候，他答应了那声呼唤，并且说：“我，在这里。”

我当然不是先知，从来没有想做“救星”的大志，却喜欢让自己是一个“紧急待命”的人，随时能说“我在，我在这里”。

这辈子从来没喝得那么多，大约是一瓶啤酒吧，那是端午节的晚上，在澎湖的小离岛。为了纪念屈原，渔人那一天不出海，小学校长陪着我们和家长会的朋友吃饭，对着仰着脖子的敬酒者你很难说“不”。他们喝酒的样子和我常见的学院人士大不相同，几杯下肚，忽然红上脸来，原来酒的力量竟是这么大的。起先，那些宽阔黧黑的脸不免不自觉地有一份面对台北人和读书人的卑抑，但一喝了酒，竟人人急着说起话来，说他们没有淡水的日子怎么苦，说淡水管如何修好了又坏了，说他们宁可倾家荡产，也不要天天开船到别的岛上去搬运淡水……

而他们嘴里所说的淡水，在台北人看来，也不过是咸涩难咽的怪味水罢了——只是于他们却是遥不可及的美梦。

我们原来只是想去捐书，只是想为孩子们设置阅览室，没有料到他们红着脸粗着脖子叫嚷的却是水！这个岛有个好听的名字，叫鸟屿，岩岸是美丽的黑得发亮的玄武石组成的。浪大时，水珠会跳过教室直落到操场上来，澄莹的蓝波里有珍贵的丁香鱼，此刻餐桌上则是酥炸的海胆，鲜美的小鳍……

然而这样一个岛，却没有淡水。

我能为他们做什么？在同盏共饮的黄昏，也许什么都不能，但至少我在这里，在倾听，在思索我能做的事……

读书，也是一种“在”。

有一年，到图书馆去，翻一本《春在堂笔记》，那是俞樾先生的集子，红绸精装的封面，打开封底一看，竟然从来也没人借阅过，真是“古来圣贤皆寂寞”啊！心念一动，便把书借回家去。书在，春在，但也要读者在才行啊！我的读书生涯竟像某些人玩“碟仙”，仿佛面对作者的精魄。对我而言，李贺是随召而至的，悲哀悼亡的时刻，我会说：“我在这里，来给我念那首《苦昼短》吧！念‘吾不识青天高，黄地厚，唯见月寒日暖，来煎人寿’。”读那首韦应物的《调笑令》的时候，我会轻轻地念：“胡马胡马，远放燕支山下。跑沙跑雪独嘶，东望西望路迷，迷路迷路，边草无穷日暮。”一面觉得自己就是那从唐朝一直狂驰至今不停的战马，不，也许不是马，只是一股激情，被美所迷，被莽莽黄沙和胭脂红的落日所震慑，因而思绪万千，不知所止的激情。

看书的时候，书上总有绰绰人影，其中有我，我总在那里。

《旧约·创世纪》里，堕落后的亚当在凉风乍至的伊甸园把自己藏匿起来。上帝说：“亚当，你在哪里？”

他噤而不答。

如果是我，我会走出，说：“上帝，我在，我在这里，请你看着我，我在这里。不比一个凡人好，也不比一个凡人坏，我有我的逊顺祥和，也有我的叛逆凶戾，我在我无限的求真求美的梦里，也在我脆弱得不堪一击的人性里。上帝啊，俯察我，我在这里。”

“我在”，意思是说我出席了，在生命的大教室里。

几年前，我在山里说过的一句话容许我再说一遍，作为终响：

“树在。山在。大地在。岁月在。我在。你还要怎样更好的世界？”

我　有

那天下午回家，心里好不如意，坐在窗前，禁不住地怜悯起自己来。

窗棂间爬着一溜紫藤，隔层青纱和我对坐着，在微凉的秋风里和我互诉哀愁。

事情总是这样的，你总得不到你所渴望的公平。你努力了，可是并不成功，因为掌握你成功的是别人，而不是你自己。我也许并不稀罕那份成功，可是，心里总不免有一份受愚的感觉。就好像小时候，你站在糖食店的门口，那里有一块抽奖的牌子。你的眼睛望着那最大最漂亮的奖品，可是你总抽不着，你袋子里的镍币空了，可是那份希望仍然高高地悬着。直到有一天，你忽然发现，事实上根本没有那份奖额，那些藏在一排排红纸后面的签全是些空白的或者是近于空白的小奖。

那串紫藤这些日子以来美得有些神奇，秋天里的花就是这样的，不但美丽，而且有那一份凄凄艳艳的韵味。风一过的时候，醉红乱旋，把怜人的红意都荡到隔窗的小室中来了。

唉，这样美丽的下午，把一腔怨烦衬得更不协调了。可恨的还不只是那些事情的本身，更有被那些事扰乱得不再安宁的心。

翠生生的叶子簌簌作响，如同檐前的铜铃，悬着整个风季的音乐。这音乐和蓝天是协调的，和那一滴滴晶莹的红也是协调的——只是和我受愚的心不协调。

其实我们已经受愚多次了，而这么多次，竟没有能改变我们的心，我们仍然对人抱着孩子式的信任，仍然固执地期望着良善，仍然宁可被人负，而不负人，所以，我们仍然容易受伤。

我们的心敞开，为要迎一只远方的青鸟。可是扑进来的总是蝙蝠，而我们不肯关上它，我们仍然期待着青鸟。

我站起身，眼前的绿烟红雾缭绕着，使我有着微微眩晕的感觉。遮不住的晚霞破墙而来，把我罩在大教堂的彩色玻璃下，我在那光辉中立着，洒金的分量很沉重地压着我。

“这些都是你的，孩子，这一切。”

一个遥远而又清晰的声音穿过脆薄的叶子传来，很柔和，很有力，很使我震惊。

“我的？”

“是的，我给了你很久了。”

“嗯，”我说，“我不知道，真的不知道。”

“我晓得，”他说，声音里流溢着悲悯，“你太忙。”

我哭了，虽然没有责备。

等我抬起头的时候，那声音便悄悄隐去了，只有柔和的晚风久久不肯散去。我疲倦地坐下去，疲于一个下午的怨怒。

我真是很愚蠢的——比我所想象的更愚蠢，其实我一直是这么富有的，我竟然茫无所知，我老是计较着，老是不够洒脱。

有微小的钥匙转动的声音，是他回来了。他总是想偷偷地走进来，让我有一个小小的惊喜，可是他办不到，他的步子又重又实，他就是这样的。

现在他是站在我的背后了，那熟悉的皮夹克的气息四面袭来，把我沉在很幸福的孩童时期的梦幻里。

“不值得的，”他说，“为那些事失望是太廉价了。”

“我晓得，”我玩着一裙阳光喷射的洒金点子，“其实也没有什么。”

“人只有两种，幸福的和不幸福的。幸福的人不能因不幸的事变得不幸福，不幸福的人也不能因幸运的事变得幸福。”

他的目光俯视着，那里面重复地写着一行最美丽的字眼，我立刻再一次知道我是属于哪一类了。

“你一定不晓得的，”我怯怯地说，“我今天才发现，我有好多东西。”

“真的那么多吗？”

“真的，以前我总觉得那些东西是上苍赐予全人类的，但今天你知道，那是我的，我一个人的。”

“你好富有。”

“是的，很富有，我的财产好殷实，我告诉你我真的相信，如果今天黄昏时宇宙间只有我一个人，那些晚霞仍然会排铺在天上的，那些花儿仍然会开成一片红色的银河系的。”

忽然我发现那些柔柔的须茎开始在风中探索，多么细弱的挣扎，那些卷卷的绿意随风上下，一种撼人的生命律动。从窗棂间望出去，晚霞的颜色全被这些纤纤约约的小触须给抖乱了，乱得很鲜活。

生命是一种探险，不是吗？那些柔弱的小茎能在风里成长，我又何必在意长长的风季？

忽然，我再也想不起刚才忧愁的真正原因了。我为自己的庸俗愕然了好一会儿。

“你还有我，不要忘记。”他的声音有如冬夜的音乐，把人圈在一团遥远的烛光里。

我有着的，这一切我一直有着的，我怎么会忽略呢？那些在秋风犹为我绿着的紫藤，那些虽然远在天边还向我粲然的红霞，以及那些在一凝注间的爱情，我还能要求些什么呢？

那些叶片在风里翻着浅绿的浪，如同一列编磬，敲出很古典的音色。我忽然听出，这是最美的一次演奏，在整个长长的秋季里。

我喜欢

我喜欢活着，生命是如此充满了愉悦。

我喜欢冬天的阳光，在迷茫的晨雾中展开。我喜欢那份宁静淡远，我喜欢那没有喧哗的光和热，而当中午，满操场散坐着晒太阳的人，那种原始而纯朴的意象总深深地感动着我的心。

我喜欢在春风中踏过窄窄的山径，草莓像精致的红灯笼，一路殷勤地张结着。我喜欢抬头看树梢尖尖的小芽儿，极嫩的黄绿色中透着一派天真的粉红——它好像准备着要奉献什么，要展示什么。那柔弱而又生意盎然的风度，常在无言中教导我一些最美丽的真理。

我喜欢看一块平平整整、油油亮亮的秧田。那细小的禾苗密密地排在一起，好像一张多绒的毯子，是集许多翠禽的羽毛织成的，它总是激发我想在上面躺一躺的欲望。

我喜欢夏日的永昼，我喜欢在多风的黄昏独坐在傍山的阳台上。小山谷里的稻浪推涌，美好的稻香翻腾着。慢慢地，绚丽的云霞被浣净了，柔和的晚星遂一一就位。我喜欢观赏这样的布景，我喜欢坐在那舒服的包厢里。

我喜欢看满山芦苇，在秋风里凄然地白着。在山坡上，在水边上，美得那样凄凉。那次，刘告诉我他在梦里得了一句诗："雾树芦花连江白。"意境是美极了，平仄却很拗口。想凑成一首绝句，却又不忍心改它。想联成古风，又苦再也吟不出相当的句子。至今那还只是一句诗，一种美而孤立的意境。

我也喜欢梦，喜欢梦里奇异的享受。我总是梦见自己能飞，能跃过山丘和小河。我总是梦见奇异的色彩和悦人的形象。我梦见棕色的骏马，发亮的鬣毛在风中飞扬。我梦见成群的野雁，在河滩的丛草中歇宿。我梦见荷花海，完全没有边际，远远在炫耀着模糊的香红——这些，都是我平日不曾见过的。最不能忘记那次梦见在一座紫色的山峦前看日出——它原来必定不是紫色的，只是翠岚映着初升的红日，遂在梦中幻出那样奇特的山景。

我当然同样在现实生活里喜欢山，我办公室的长窗便是面山而开的。每次临窗而坐，总觉得满目尽绿，一种说不出来的柔和。较远的地方，教堂尖顶的白色十字架在透明的阳光里巍立着，把蓝天撑得高高的。

我还喜欢花，不管是哪一种，我喜欢清瘦的秋菊，浓郁的玫瑰，孤洁的百合，以及幽娴的素馨。我也喜欢开在深山里不知名的小野花。十字形的、斛形的、星形的、球形的。我十分相信上帝在造万花的时候，赋给它们同样的尊荣。

我喜欢另一种花儿，是绽开在人们笑颊上的。当寒冷的早晨我在巷子里，对门那位清癯的太太笑着说："早！"我就忽然觉得世界是这样的亲切，我缩在皮手套里的指头不再感觉发僵，空气里充满了和善。

当我到了车站开始等车的时候，我喜欢看见短发齐耳的中学生，那样精神奕奕的，像小雀儿一样快活的中学生。我喜欢他们美好宽阔而又明净的额头，以及活泼清澈的眼神。每次看着他们老让我想起自己，总觉得似乎我仍是他们中间的一个，仍然单纯地充满了幻想，仍然那样容易受感动。

当我坐下来，在办公室的写字台前，我喜欢有人为我送来当天的信件。

我喜欢读朋友们的信，没有信的日子是不可想象的。我喜欢读弟弟妹妹的信，那些幼稚纯朴的句子，总是使我在泪光中重新看见南方那座燃遍凤凰花的小城。最不能忘记那年夏天，德从最高的山上为我寄来一片蕨类植物的叶子。在那样酷暑的气候中，我忽然感到甜蜜而又沁人的清凉。

我特别喜爱读者的信件，虽然我不一定有时间回复。每次捧读这些信件，总让我觉得一种特殊的激动。在这世上，也许有人已透过我看见一些东西。这不就够了吗？我不需要永远存在，我希望我所认定的真理永远存在。

我把信件分放在许多小盒子里，那些关切和情谊都被妥善地保存着。

除了信，我还喜欢看一点书，特别是在夜晚，在一灯茕茕之下。我不是一个十分用功的人，我只喜欢词曲方面的书。有时候也涉及一些古拙的散文，偶然我也勉强自己看一些浅近的英文书，我喜欢它们文字变化的活泼。

夜读之余，我喜欢拉开窗帘看看天空，看看灿如满园春花的繁星。我更喜欢看远处山坳里微微摇晃的灯光。那样模糊不清，那样幽雅柔美，是不是那里面也有一个夜读的人呢？

在书籍里面我不能自抑地要喜爱那些泛黄的线装书，握着它就觉得握着一脉优美的传统，那粗糙的纸面蕴含着一种古典的美。我很自然地想到，有几个人执过它，有几个人读过它。他们也许都过去了。历史的兴亡、人物的迭代本是这样虚幻，唯有书中的智慧永远长存。

我喜欢坐在汪教授家的客厅里，在落地灯的柔辉中捧一本线装的昆曲谱子。当他把发亮的褐色笛管举到唇边的时候，我就开始轻轻地按着板眼唱起来，那柔美幽咽的水磨调在室中低回着，寂寞而空荡，像江南一池微凉的春水。我的心遂在那古老的音乐中体味到一种无可奈何的轻愁。

我就是这样喜欢着许多旧东西，那块小毛巾，是小学四年级参加《儿童

满场的孩子仍在游戏，属于你的游伴却不见了！

人间的悲伤，无非是生离和死别，战争是生离和死别的原因，但，衰老也是啊！

每次看到那样的字，总觉得好，觉得那些不遇、焦灼、愚痴中也自有一份可爱，一份人间的必要的温度。

我常期待仍能缩成一个小孩，像你那样，连早晨起来穿几件衣服也不由自己决定，可惜已经不可能了。

当紫薇和小茉莉相对各自紫其紫白其白，我爱宇宙间的这立锥之地远胜皇苑。

繁灯的夜晚，有多少权倾一时或风华倾一座的光采男子，各咽其欲吐难吐的悲情，各忍其欲泪无泪的哽咽。

周刊》父亲节征文比赛得来的；那一角花岗石，是小学毕业时和小曼敲破了各执一半的；那个布娃娃是我儿时最忠实的伴侣；那本毛笔日记，是七岁时被老师逼着写成的；那两支蜡烛，是我过二十岁生日的时候，同学们为我插在蛋糕上的……我喜欢这些财富，以致每每整个晚上都在痴坐着，沉浸在许多快乐的回忆里。

我喜欢翻旧相片，喜欢看那个大眼睛长辫子的小女孩。我特别喜欢坐在摇篮里的那张，那么甜美无忧的时代！我常常想起母亲对我说："不管你们将来遭遇什么，总是回忆起来，人们还有一段快活的日子。"是的，我骄傲，我有一段快活的日子——不只是一段，我相信那是一生悠长的岁月。

我喜欢把旧作品一一检视，如果我看出已往作品的缺点，我就高兴得不能自抑——我在进步！我不是在停顿！这是我最快乐的事了，我喜欢进步！

我喜欢美丽的小装饰品，像耳环、项链和胸针。那样晶晶闪闪的、细细微微的、奇奇巧巧的。它们都躺在一个漂亮的小盒子里，炫耀着不同的美丽，我喜欢不时看看它们，把它们佩在我的身上。

我就是喜欢这么松散而闲适地生活，我不喜欢精密分配的时间，不喜欢紧张地安排节目。我喜欢许多不实用的东西，我喜欢充足的沉思时间。

我喜欢晴朗的礼拜天清晨，当低沉的圣乐冲击着教堂的四壁时，我就忽然升入另一个境界，没有纷扰，没有战争，没有嫉恨与恼怒。人类的前途有了新光芒，那种确切的信仰把我带入更高的人生境界。

我喜欢在黄昏时来到小溪旁。四顾没有人，我便伸足入水——那被夕阳照得极艳丽的溪水，细沙从我趾间流过，某种白花的瓣儿随波漂去，一会儿就幻灭了——这才发现那实在不是什么白花瓣儿，只是一些被石块激起来的浪花罢了。坐着，坐着，好像天地间流动着和暖的细流。低头沉吟，满溪红霞照得人眼花，一时简直觉得双足是浸在一钵花汁里呢！

我更喜欢没有水的河滩，长满了高及人肩的蔓草。日落时一眼望去，白石不尽，有着苍莽凄凉的意味。石块垒垒，把人心里慷慨的意绪也堆叠起来了。我喜欢那种情怀，好像在峡谷里听人喊秦腔，苍凉的余韵回转不绝。

我喜欢别人不注意的东西，像草坪上那株没人理会的扁柏，那株瑟缩在高大龙柏之下的扁柏。每次我走过它的时候总要停下来，嗅一嗅那股儿清香，看一看它谦逊的神气。有时候我又怀疑它是不是谦逊，因为也许它根本不觉得龙柏的存在。又或许它虽知道有龙柏存在，也不认为伟大与平凡有什么两样——事实上伟大与平凡的确也没有什么两样。

我喜欢朋友，喜欢在出其不意的时候去拜访他们。尤其喜欢在雨天去叩湿湿的大门，在落雨的窗前话旧是多么美，记得那次到中部去拜访芷的山居，我永不能忘记她看见我时的惊呼。当她连跑带跳地来迎接我时，山上阳光就似乎忽然炽燃起来了。我们走在向日葵的荫下，慢慢地倾谈着。那迷人的下午像一阕轻快的曲子，一会儿就奏完了。

我极喜欢，而又带着几分崇敬去喜欢的，便是海了。那辽阔，那淡远，都令我心折。而那雄壮的气象，那平稳的风范，以及那不可测的深沉，一直向人类做着无言的挑战。

我喜欢家，我从来还不知道自己会这样喜欢家。每当我从外面回来，一眼看到那窄窄的红门，我就觉得快乐而自豪，我有一个家多么奇妙！

我也喜欢坐在窗前等他回家来。虽然过往的行人那样多，我总能分辨他的足音。那是很容易的，如果有一个脚步声，一入巷子就开始跑，而且听起来是沉重急速的大阔步，那就准是他回来了！我喜欢他把钥匙放进门锁中的声音，我喜欢听他一进门就喘着气喊我的英文名字。

我喜欢晚饭后坐在客厅里的时分。灯光如纱，轻轻地撒开。我喜欢听一些协奏曲，一面捧着细瓷的小茶壶暖手。当此之时，我就恍惚能够想象一些田园生活的悠闲。

我也喜欢户外的生活，我喜欢和他并排骑着自行车。当礼拜天早晨我们一起赴教堂的时候，两辆车子便并驰在黎明的道上，朝阳的金波向两旁溅开，我遂觉得那不是一辆脚踏车，而是一艘乘风破浪的飞艇，在无声的欢唱中滑行。我好像忽然又回到刚学会骑车的那个年龄，那样兴奋，那样快活，那样唯我独尊——我喜欢这样的时光。

我喜欢多雨的日子。我喜欢对着一盏昏灯听檐雨的奏鸣。细雨如丝，如一天轻柔的叮咛。这时候我喜欢和他共撑一柄旧伞去散步。伞际垂下晶莹成串的水珠——一幅美丽的珍珠帘子。于是伞下开始有我们宁静隔绝的世界，伞下缭绕着我们成串的往事。

我喜欢在读完一章书后仰起脸来和他说话，我喜欢假想许多事情。

“如果我先死了，”我平静地说着，心底却泛起无端的哀愁，“你要怎么样呢？”

“别说傻话，你这憨孩子。”

“我喜欢知道，你一定要告诉我，如果我先死了，你要怎么办？”

他望着我，神色愀然。

“我要离开这里，到很远的地方去，去做什么，我也不知道，总之，是很遥远的、很蛮荒的地方。”

“你要离开这屋子吗？”我急切地问，环视着被布置得像一片紫色梦谷的小屋。我的心在想象中感到一种剧烈的痛楚。

“不，我要拼着命去赚很多钱，买下这栋房子。”他慢慢地说，声音忽然变得凄怆而低沉，“让每一样东西像原来那样被保持着。哦，不，我们还是别说这些傻话吧！”

我忍不住澈泪泫然了，我不明白，为什么我喜欢问这样的问题。

“哦，不要痴了，”他安慰着我，“我们会一起死去的。想想，多美，我们要相携着去参加天国的盛会呢！”

我喜欢相信他的话，我喜欢想象和他一同跨入永恒。

我也喜欢独自想象老去的日子，那时候必是很美的。就好像夕晖满天的景象一样。那时再没有什么可争夺的，可流连的。一切都淡了，都远了，都漠然无介于心了。那时候智慧深邃明彻，爱情渐渐醇化，生命也开始慢慢蜕变，好进入另一个安静美丽的世界。啊，那时候，那时候，当我抬头看到精金的大道，碧玉的城门，以及千万只迎我的号角，我必定是很激励而又很满足的。

我喜欢，我喜欢，这一切我都深深地喜欢！我喜欢能在我心里充满着这么多的喜欢！

情 怀

不知从什么时候开始，我变成了一个容易着急的人。

行年渐长，许多要计较的事都不计较了，许多渴望的梦境也不再使人颠倒，表面看起来早已经是个可以令人放心循规蹈矩的良民，但在胸臆里仍然暗暗地郁勃着一声闷雷，等待某种不时的炸裂。

仍然落泪，在读说部故事诸葛亮武侯废然一叹，跨出草庐的时候；在途经罗马看米开朗琪罗一斧一凿每一痕都是开天辟地的悲愿的时候；在深宵不寐，感天念地深视小儿女睡容的时候。

忽焉就四十岁了，好像觉得自己一身竟化成两个，一个正咧嘴嘻笑，抱着手冷眼看另一个，并且说：

“嘿，嘿，嘿，你四十岁啦，我倒要看看你四十岁会变成什么样子哩！”

于是正正经经开始等待起来，满心好奇兴奋伸着脖子张望即将上演的“四十岁时”，几乎忘了主演的人就是自己。

好几年前，在朋友的一面素壁上看见一幅英文格言，说的是：

“今天，是此后余生的第一天。”

我谛视良久，不发一语，心里却暗暗不服：

“不是的，今天是今生到此为止的最后一天。”

我总是着急，余生有多少，谁知道呢？果真如诗人说的“百年梳三万六千回”的悠悠栉发岁月吗？还是“四季倏来往，寒暑变为贼，偷人面上花，夺人头上黑”的霸道不仁呢？有一年，眼看着患癌症的朋友史惟亮一寸寸地走远，那天是二月十四，日历上的情人节，他必然还有很绵缠不尽的爱情吧，“中国”总是那最初也是最后的恋人，然而，他却走了，在情人节。

我走在什么时候？谁知道？只知道世方大劫，一切活着的人都是叨天之幸，只知道，且把今天当作我的最后一天，该爱的，要来不及地去爱，该恨的，要来不及地去恨。

从印度、尼泊尔回来，有小小的人世间的得意，好山水，好游伴，好情怀，人生至此，还复何求？还复何夸？回来以后，急着去看植物园的荷花，原来不敢期望在九月看荷的，但也许克什米尔的荷花湖使人想痴了心，总想去看看自己的那片香红，没想到它们仍在那里，比六月那次更灼然。回家忙打电话告诉慕容，没想到这人阴险，竟然已经看过了。

“你有没有想到，”她说，“就连这一池荷花，也不是我们‘该’有的啊！”

人是要活很多年才知道感恩的，才知道万事万物包括投眼而来的翠色、附耳而至的清风，无一不是豪华的天宠。才知道生命中的每一刹时间都是向永恒借来的片羽，才相信胸襟中的每一缕柔情都是无限天机所流泻的微光。

而这一切，跟四十岁又有什么关联呢？

想起古代的东方女子，那样小心在意地贮香膏于玉瓶，待香膏一点一滴地积满了，她忽然竟渴望就地一掷，将猛烈的馨香并作一次挥尽，啊！只要那样一度，够了。

想起绝句里的剑客：“十年磨一剑，霜刃未曾试，今日把示君，谁有不平事？”分明一个按剑的侠者，在清晨跨鞍出门，渴望及锋而试。

想起朋友亮轩少年十七岁，过中华路，在低矮的小馆里见于右任的一副对联“与世乐其乐，为人平不平”，私慕之余，竟真能效志。人生如果真有可争，也无非这些吧？

又想起杨牧一把纸扇，扇子是在浙江绍兴买的，那里是秋瑾的故居，扇上题诗曰：

连雨清明小阁秋，
横刀奇梦少时游。
百年堪羡越园女，
无地今生我掷头。

冷战的岁月是没有掷头颅的激情的，然而，我四十岁了，我是那扬瓶欲做一投掷的女子，我是那挎刀直行的少年。人世间总有一件事，是等着我去做的；石槽中总有一把剑，是等着我去拔的。

去年九月，我们全家四人到恒春一游。由于娘家至今在屏东已住了二十八年，我觉得自己很有理由把那块土地看作故乡了。阳光薄金，秋风薄凉，猫鼻头的激浪白亮如抛珠溅玉，立身苍茫之际，回顾渺小的身世，一切幼时所曾羡慕的，此刻全都有了。曾听人说流星划空之际，如果能飞快地说出祈愿便可实现，当时多急着想练好快利的口齿啊，而今，当流星过眼我只能知足地说：

“神啊，我一无祈求！”

可是，就在那一天，我走到一个小摊子前面，一些有褐斑的小鸟像水果似的绑成一串吊在门口，我习惯地伸出手摸了它一下，忽然，那只鸟反身猛啄我一口，我又痛又惊，急速地收回手来，惶然无措地愣在那里。

就在那一瞬间，我忽然忘记痛，第一次想到鸟的生涯。

它必然也是有情有知的吧？它必然也正忧痛煎急吧？它也隐隐感到面对死亡的不甘吧？它也正郁愤悲挫忽忽如狂吧？

我的心比我的手更痛了。这是我第一次遇见不幸的伯劳，在这以前它一直是我案头古老的《诗经》里的一个名字，“七月鸣鵙”。

鵙，便是伯劳了，伯劳也是“劳燕分飞”典故里的一部分。

稍往前走，朋友指给我看烤好的鸟。再往前走，他指给我看堆积满地的小伯劳鸟的嘴尖。

“抓到就先把嘴折下来，免得咬人。然后才杀来烤，刚才咬你的那种因为打算卖活的，所以嘴尖没有折断。”

朋友是个尽责的导游，我却迷离起来。这就是我的老家屏东吗？这就是古老美丽的恒春古城吗？这就是海滩上有着发光的“贝壳沙”的小镇吗？这就是入夜以后沼气的蓝焰会从小泽里亮起来的神话之乡吗？“恒春”不该是“永恒的春天”吗？为什么有名的“关山落日”前，为什么惊心动魄的万里夕照里，我竟一步步踩着小鸟的嘴尖？

要不要管这档子闲事呢？

寄身在所谓的学术单位里已经是几十年了，学人的现实和计较有时不下商人，一位坦白的教授说：

“要我帮忙做食品检验？那对我的研究计划有什么好处？这种事是该卫生署做的，他们不做了，我多管什么闲事，我自己的 Paper 不出来，我在学术界怎么混？”

他说的没有错。只是我有时会想起胡金铨的《龙门客栈》，大门砰然震开，白衣侠士飘然当户。

“干什么的？”

“管闲事的！”

回答得多么理直气壮。

我为什么想起这些？四十岁还会有少年侠情吗？为什么空无中总恍惚有一声召唤，使人不安？

我不喜欢“善心人士”的形象，“慈眉善目”似乎总和衰老、妇道人家、愚弱有关。而我，做起事来总带五分赌气性质，气生命不被尊重，气环境不被珍惜。但是，真的，要不要管这档闲事呢？管起来钱会浪费掉，睡眠会更不足，心力会更交瘁，而且，会被人看成我最不喜欢的“善士”的模样，我还要不要插手管它呢？

教哲学的梁从香港来，惊讶地看我在屋顶上种出一畦花来。看到他，我忽然唠唠叨叨，在嬉笑中也哲学起来了。

“你知道，在这个世界上，我终于慢慢明白，我能管的事太少了，北爱尔兰那边要打，你管得着吗？巴基斯坦这边要打，你压得了吗？小学四年级的音乐课本上有一首歌这样说：‘看我们少年英豪，抖着精神向前跑，从心底喊出口号，要把世界重改造，为着民族求平等，为着人类争公道，要使全球万国间，到处腾欢笑。’那时候每逢刮风，我就喜欢唱这首歌顶着风往前走。可是，三十年过去了，我不敢再说这样的大话，‘要把世界重改造’，我没有这种本事，只好回家种一角花圃，指挥指挥四季的红花绿卉。这就是辛稼轩说的，人到了一个年纪，忽然发现天下事管不了，只好回过头来‘乃翁依旧管些儿，管竹、管山、管水’。我呢，现在就管它几棵花。”

说的时候自然是说笑的，朋友认真地听，但我也知道自己向来虽不怕

“以真我示人”，只是也不曾“以全我示人”。种花是真的，刻意去买了竹床竹椅放在阳台上看星星也是真的，却像古代长安街上的少年，耳中猛听得金铁交鸣，才发觉抽身不及，自己又忘了前约，依然伸手管了闲事。

一夜，歇下驰骋终日的疲倦，十月的夜，适度的凉，我舒舒服服地独倚在一张为看书而设计的躺榻上，算是对自己一点小小的纵容吧！生平好聊天，坐在研究室里是与古人聊天，与西人聊天。晚上读闲书读报是与时人聊天，写文章则是与世人与后人聊天，旅行的时候则与达官贵人或老农老圃闲聊，想来属于我的一生，也无非是聊了些天而已。

忽然，一双忧郁愠怒的眼睛从报纸右下方一个不显眼的角落向我投视来——一双鹰的眼睛，我开始不安起来。不安的原因也许是那怒睁的眼中天生有着鹰族的锐利奋扬，但是不止，还有更多。我静静地读下去，在花莲，一个叫玉里的镇，一个叫卓溪乡古风村的地方，一只“赫氏角鹰”被捕了。从来不知道赫氏角鹰的名字，连忙去查书，知道它曾在几万年前，从喜马拉雅和云南西北部南下，然后就留在中央山脉了，它不是台湾特有鸟类，也不是偶然过境的候鸟，而是“留鸟”。这一留，就是几万年，听来像绵绵无尽期的一则爱情故事。

却有人将这种鸟用铁夹捕了，转手卖掉，得到五千元。

我跳起来，打长途电话到玉里，夜深了，没人接。我又跑到桌前写信，急着找限时信封做读者投书。信封上了，我跑下楼去推脚踏车寄信，一看腕表已经清晨五点了，怎么会弄得这么晚的？也只能如此了，救生命要紧！

跨车回来，心中亦平静亦激动，也许会带来什么麻烦，会有人骂我好出风头，会有人说我图名图利，会有人铁口直断说：“我看她是要竞选了！”不管它，我且先去睡两个小时吧！我开始隐隐知道刚才的和那只鹰的一照面间我为什么不安，我知道那其间有一种召唤，一种几乎是命定的无可抗拒的召唤。那声音柔和而沉实，那声音无言无语，却又清晰如面晤，那声音说：“为那不能自述的受苦者说话吧！为那不自伸的受屈者表达吧！”

而后，经过报上的风风雨雨，侦骑四出，却不知那只鹰流落在哪里，我的生活从什么时候开始竟和一只鹰莫名其妙地连在一起了？每每我凝视照片，想象它此刻的安危，人生际遇，真是奇怪。过了二十天，我人到花莲，主持了两个座谈会，当晚住在旅社里。当门一关，廊外海潮声隐隐而来，心中竟充满异样的感激，生平住过的旅社虽多，这一间却是花莲的父老为我预订并付钱的。我感激的是自己那一点的善意和关怀被人接纳。有时也觉得自己像说法化缘的老僧，虽然每遭白眼，但也能和人结成肝胆相照的朋友。我今夕蒙人以一饭相款，设一榻供眠，真当谢天，比起古代风餐露宿的苦行僧，我是幸运的。

第二天一早搭车到宜兰，听说上次被追索的赫氏角鹰便是在偷运台北的途中死在那里。我和鸟类专家张万福从罗东问到宜兰，终于在一家“山产店”的冻箱里找到那只曾经搏云而上的高山生灵，而今是那样触手如坚冰的一块尸骨。站在午间陌生的小市镇上，山产店里一罐罐的毒蛇药酒，从架上俯视我。这样的结果其实多少也是意料中的，却仍忍不住悲怆。四十岁了，一身仆仆，站在小城的小街上一家破败的山产店前，不肯服输的心底，要对抗的究竟是什么呢？

和张万福匆匆包了它就赶北宜公路回家了，黄昏时在台北道别，看他再继续赶往台中的路，心中充满感恩之意。只为我一通长途电话，他就肯舍掉两天的时间，背着一大包幻灯片，从台中、台北再转花莲去“说鸟”。此人也是一奇，阿美人，台大法律系毕业，在美军顾问团做事，拿着高薪，却忽然发现所谓律师常是站在有钱有势却无理的一边，这一惊非同小可，于是弃职而去，一跑跑到大度山的东海潜心研究起鸟类生态来。故事听起来像江洋大盗忽然收山不做而削发皈依、反度起众人一般神奇。而他却是如此平实的一个人，会傻里傻气待在野外从早上六点到下午六点，仔细数清楚棕面莺的母鸟喂了四百八十次小鸟的记录，并且会在座谈会上一一学鸟类不同的鸣声。而现在，把“赫氏角鹰”交他去做标本，一周以后那胸前一片粉色羽毛的幼鹰会乖乖地张开翅膀，乖乖地停在标本架上，再也没有铁夹去夹它的脚了，再也没有商人去辗转贩卖它了，那永恒的展翼啊！台北的暮色和尘色中，我看他和鹰绝尘而去，心中的冷热一时也说不清。

我是个爱鸟人吗？不是，我爱的那个东西必然不叫鸟，那又是什么呢？或许是鸟的振翅奋扬，是一掠而过，将天空横渡的意气风发。也许我爱的仍不是这个，是一种说不清的生命力的展示，是一种突破无限时空的渴求。

曾在翻译诗里爱过希腊废墟的漫草荒烟，曾在风景明信片上爱过夏威夷的明媚海滩，曾在线装书里迷上“黄河之水天上来”，曾在江南的歌谣里想自己驾一叶迷途于十里荷香的小舟……而半生碌碌，灯下惊坐，忽然发现魂牵梦萦的仍是中央山脉上一只我未曾及睹其一面的鹰鸟。

四十岁了，没有多余的情感和时间可以挥霍，且专致地爱脚跟下的这片土地吧！且虔诚地维护头顶的那片青天吧！生平不识一张牌，却生就了大赌徒的性格，押下去的那份筹码其数值自己也不知道，只知道是余生的岁岁年年，赌的是什么？是在我垂睫大去之际能看到较澄澈的河流，较新鲜的空气，较青翠的森林，较能繁息生养的野生生命……输赢何如？谁知道呢？但身经如此一番大搏，为人也就不枉了。

和丈夫去看一部叫《女人四十一枝花》的电影，回家的路上咯咯笑个不停，好莱坞的爱情向来是如此简单荒唐。

“你呢？”丈夫打趣，“你是不是女人四十一枝花？”

“不是，”我正色起来，“我是‘女人四十一枚果’，女人四十岁还做花，也不是什么含苞盛放的花了，但是如果是果呢，倒是透青透青初熟的果子呢！”

一切正好，有看云的闲情，也有犹热的肝胆，有尚未收敛也不想收敛的遭人妒的地方，也有平凡敦实容许别人友爱的余裕，有高龄的父母仍容我娇痴无忌如稚子，也有广大的国家容我去展怀一抱如母亲，有霍然而怒的盛气，也有湛然一笑的淡然。

还有什么可说呢？芽嫩已过，花期已过，如今打算来做一枚果，待果熟蒂落，愿上天复容我是一粒核，纵身大化，在新着土处，期待另一度的芽叶。

描　容

一

有一次，和朋友约好了搭早晨七点的车去太鲁阁公园管理处，不料闹钟失灵，醒来时已经七点了。

我跳起来，改去搭飞机，及时赶到。管理处派人来接，但来人并不认识我，于是先到的朋友便七嘴八舌地把我形容一番：

“她信基督教。”

“她是写散文的。”

“她看起来好像不紧张，其实，才紧张呢！”

形容完了，几个朋友自己也相顾失笑，这么一堆抽象的说辞，叫那年轻人如何在人堆里把要接的人辨认出来？

事后，他们说给我听，我也笑了，一面佯怒，说：“哼，朋友一场，你们竟连我是什么样子也说不出来，太可恶了。”

转念一想，却也有几分惆怅——其实，不怪他们，叫我自己来形容我自己，我也一样不知从何说起。

二

有一年，带着稚龄的小儿小女全家去日本，天气正由盛夏转秋，人到富士山腰，租了匹漂亮的栗色大马去行山径。低枝拂额，山鸟上下，“随身听”里翻着新买来的“三弦”古乐。抿一口山村自酿的葡萄酒，淡淡的红，淡淡的芬芳……蹄声嘚嘚，旅途比预期的还要完美……

然而，我在一座山寺前停了下来，那里贴着一张大大的告示，由不得人不看。告示上有一幅男子的照片，奇怪的是那日文告示，我竟大致看明白了。它的内容是说，两个月前有个六十岁的男子登山失踪了，他身上靠腹部地方因为动过手术，有条十五厘米长的疤口，如果有人发现这位男子，请通知警方。

叫人用腹部的疤来辨认失踪的人，当然是假定他已是具尸体了。否则凭名字相认不就可以了吗？

寺前痴立，我忽觉大恸，这座外形安详的富士山于我是闲来的行脚处，于这男子却是残酷的埋骨之地啊！时乎，命乎，叫人怎么说呢？

而真正令我悲伤的是，人生至此，在特征栏里竟只剩下那么简单赤裸的几个字：腹上有十五厘米长的疤痕！原来人一旦撒手了，所有人间的形容词都顿然失败，所有的学历、经验、头衔、土地、股票持份或功勋伟绩全部不相干了，真正属于此身的特点竟可能只是一记疤痕或半枚蛀牙。

山上的阳光淡寂，火山地带特有的黑土踏上去松软柔和，而我意识到山的险峻。每一转折都自成祸福，每一岔路皆隐含杀机。如我一旦失足，则寻人告示上对我的形容词便没有一句会和我平生努力以博得的成就有关了。

我站在寺前，站在我从不认识的遇难者的寻人告示前，黯然落泪。

三

所有的“我”，其实不都是一个名词吗？可是我们是复杂而又啰唆的人类，我们发明了形容词——只是我们在形容自己的时候却又忽然词穷。一个完完整整的人，岂是能用三言两语胡乱描绘的？

对我而言，做小人物并没什么不甘，却有一种悲哀，就是要不断地填表格，不断把自己纳入一张奇怪的方方正正的小纸片。你必须不厌其烦地告诉人家你是哪年生的，生在哪里，生日是哪一天，（奇怪，我为什么要告诉他我的生日呢？他又不送我生日礼物。）家在哪里，学历是什么，身份证号码、护照号码是什么，几月几日签发的，好在我颇有先见之明，从第一天起就把身份证和护照号码等一概背得烂熟，以便有人要我填表时可以不经思索熟极而流。

然而，我一面填表，一面不免想：“我”在哪里啊？我怎会在那张小小的表格里呢？我填的全是些不相干的资料啊！资料加起来的总和并不是我啊！

尤其离奇的是那些大张的表格，它居然要求你写自己的特长，写自己的语文能力，自己的缺点……奇怪，这种表格有什么用呢？你把它发给梁实秋，搞不好，他谦虚起来，硬是只肯承认自己“粗通”英文，你又如何？你把它发给甲级流氓，难道他就承认自己的缺点是“爱杀人”吗？

我填这些形容自己的资料也总觉不放心。记得有一次填完“缺点”以后，我干脆又慎重地加上一段：“我填的这些缺点其实只是我自己知道的缺点，但既然是知道的缺点，其实就不算是严重的缺点。我真正的缺点一定是我不知道或不肯承认的。所以，严格地说，我其实并没有能力写出我的缺点来。”

对我来说，最美丽的理想社会大概就是不必填表的社会吧！那样的社会，你一个人在街上走，对面来了一位路人，他拦住你，说：

“咦？你不是王家老三吗？你前天才过完三十九岁生日是吧？我当然记得你生日，那是元宵节前一天嘛！你爸爸还好吗？他小时顽皮，跌伤过一次腿，后来接好了，现在阴天犯不犯痛？不疼？啊，那就好。你妹妹嫁得好吧？她那丈夫从小就不爱说话，你妹妹叽叽呱呱的，配他也是老天爷安排好的。她耳朵上那个耳洞没什么吧？她生出来才一个月，有一天哭个不停，你嫌烦，找了根针就去给她扎耳洞，大人发现了，吓死了，要打你，你说因为听说女人扎了耳洞挂了耳环就可以出嫁了，她哭得人烦，你想把她快快扎了耳洞嫁掉算了！你说我怎么知道这些事，怎么不知道？这村子上谁家的事我不知道啊？……”

那样的社会，人人都知道别家墙角有几株海棠，人人都熟悉对方院子里有几只母鸡，表格里的那一堆资料要它何用？

其实小人物填表固然可悲，大人物恐怕也不免此悲吧？一个刘彻，他的一生写上十部奇情小说也绰绰有余。但人一死，依照谥法，也只落一个汉武帝的“武”字，听起来，像是这人只会打仗似的。谥法用字历代虽不大同，但都是好字眼，像那个会说出“何不食肉糜？”的皇帝，死后也混到个“惠帝”的谥号。反正只要做了皇帝，便非“仁”即“圣”，非“文”即“武”，非“睿”即“神”……做皇帝做到这样，又有什么意思呢？长长的一生，死后只剩下一个字，冥冥中仿佛有一排小小的资料夹，把汉武帝跟梁武帝放在一个夹子里，把唐高宗和清高宗做成编类相同的资料卡。

悲伤啊，所有的“我”本来都是“我”，而别人却急着把你编号归类——就算是皇帝，也无非放进镂金刻玉的资料夹里去归类吧！

相较之下，那惹人訾义的武则天女皇就佻侻多了，她临死之时嘱人留下“无字碑”。以她当时身为母后的身份而言，还会没有当朝文人来谀墓吗？但她放弃了。年轻时，她用过一个名字来形容自己，那是“曌”（读作“照”），是太阳、月亮和晴空。但年老时，她不再需要任何名词，更不需要形容词。她只要简简单单地死去，像秋来喑哑萎落的一只夏蝉，不需要半句赘词来送终，她赢了，因为不在乎。

四

而茫茫大荒，漠漠今古，众生平凡的面目里，谁是我，我又复谁呢？我们却是在乎的。

明传奇《牡丹亭》里有个杜丽娘，在她自知不久于人世之际，一意挣扎而起，对着镜子把自己描绘下来，这才安心去死。死不足惧，只要能留下一副真容，也就扳回一点胜利。故事演到后面，她复活了，从画里也从坟墓里走了出来，作者似乎相信，真切地自我描容，是令逝者能永存的唯一手法。

米开朗琪罗走了，但我们从圣母垂眉的悲悯中重见五百年前大师的哀伤。而整套完整的儒家思想，若不是以仲尼在大川上的那一声“逝者如斯夫！不舍昼夜”的长叹做底调，就显得太平板僵直，如道德教条了。一声轻轻的叹息，使我们惊识圣者的华颜。那企图把人间万事都说得头头是道的仲尼，一旦面对巨大而模糊的“时间”对手，也有他不知所措的悸动！那声叹息于我有如两千五百年前的录音带，至今音纹清晰，声声入耳。

艺术和文学，从某一个角度看，也正是一个人对自己的描容吧，而描容者是既喜悦又悲伤的，他像一个孩子，有点“人来疯”，他急着说：“你看，你看，这就是我，万古宇宙，就只有这么一个我啊！”

然而诗人常是寂寞的——因为人世太忙，谁会停下来听你说“我”呢？

马来西亚有个古旧的小城马六甲，我在那城里转来转去，为五百年来中国人走过的脚步惊喜叹服。正午的时候，我来到一座小庙。

然而我不见神明。

“这里供奉什么神？”

“你自己看。”带我去的人笑而不答。

小巧明亮的正堂里，四面都是明镜，我瞻顾，却只见我自己。

“这庙不设神明——你想来找神，你只能找到自身。”

只有一个自身，只有一个一空依傍的自我，没有莲花座，没有祥云，只有一双踏遍红尘的鞋子，载着一个长途役役的旅人走来，继续向大地叩问人间的路径。

好的文学艺术也恰如这古城小庙吧？香客在环顾时，赫然于镜鉴中发现自己，见到自己的青青眉峰，盈盈水眸，见到如周天运行生生不已的小宇宙——那个“我”。

某甲在画肆中购得一幅大大的天盖地的“泼墨山水”，某乙则买到一张小小的意态自足的“梅竹双清”。问者问某甲说：“你买了一幅山水吗？”某甲说：“不是，我买的是我胸中的丘壑。”问者转问某乙：“你买了一幅梅竹吗？”某乙回答说：“不然，我买的是我胸中的逸气。”描容者可以描摹自我的眉目，肯买货的人却只因看见自家的容颜。

我恨我不能如此抱怨

我不幸是一个“应该自卑”的人，不过所幸同时又是一个糊涂的人，因此靠着糊涂，竟常常逾矩地忘了自己“应该自卑”的身份，这于我倒是件好事。

可是，每当我浑然欲忘的时候，总有一两个高贵的家伙，适时提醒了我应该永志不忘的自卑感，使我不胜羞愤。

一日，我静坐悟道，忽然感出种种自卑之端，皆在于生平不会埋怨。如果我也像某些高贵的家伙整天能高声埋怨，低声叹气，想必也有一番风光。只是此事知之虽不易，行之尤难，能“埋怨”的权利不是人人可以具备的。人家之所以高贵，是由于人家能“生而知之”地抱怨，次一等的也都或早或晚地参悟了“学而知之”的抱怨，我不幸是不属于“困而不知”的绝物，我是一个注定自卑的角色了！

如今学人讲演的必要程序之一，便是讲几句话便忽然停下来，以优雅而微赧的声音说：“说到 Oedipus Complex——嗯，这句话应该怎么说？对不起，中文翻译我也不太清楚，什么？是，是，嗯，恋母情结？是，是，我也不敢 Sure，好，Anyway，你们都知道 Oedipus Complex，中文，唉，中，中文翻译真是……”

当然，一次演讲只停下来抱怨一次中文是绝对不够光荣的，段数高的人必须五步一楼十步一阁，连讲到 Brother-in-law 也必须停下来。“是啊，这个字真难翻，姐夫？不，他不是他的姐夫。小舅子？也不是小舅子。什么？小叔子——小叔子是什么意思？丈夫的弟弟？不对，他是他太太的妹妹的丈夫，连襟，是这个意思吗？好，他的 Brother-in-law，他的连，连什么，是，是，他连襟，中文有些地方真是麻烦，英文就好多啦。”

我对这种接驳式的演说真是企慕之至，试观他眉结轻绾、两手张摊的无奈，细赏他摇头叹息，真是儒雅风流，深得摩登才子之趣。细腰的沈约，白脸的何晏万万不能与之相比，我辈一口标准中文的人更不敢望其项背。“思果”先生竟然不合时宜地大谈起“翻译”来，真正应该闭门“思过”了。万一我们把英文都翻译成了流利的中文，以致失去这些美好的、俏皮的、充满异国风情的旖旎的演讲，岂不罪莫大焉？好在思果先生的谬论只是这伟大潮流中的一小股逆流，至少目前还未看出对学术的不良影响。

我生平第二件不如人的事是身体太好，以致失去了抱怨天气、抱怨胃口以及抱怨一切疼痛的权利。其实我也深知，四十岁以上的人如果没有点高血压、糖尿病和胆固醇偏高，简直就等于取得了一张清寒证明书。而四十岁以下的人如果不曾惹上“神经衰弱”“胃痛”“寂寞的十七岁”之类症候，无异自己承认 IQ 偏低（IQ 该翻译成什么，我不大清楚，哦，也许你说得对，好像是翻成智商），我不幸青黄不接，既没有捞着年轻人的病，也没赶上中老年人的热闹，真真是古人所说的“粗安”。而且胃口尤其好，健康得近乎异常，在酒席上居然可以从拼盘吃到甜点。中间既不怕明虾引起过敏，也不嫌血蛤腥气，更压根儿没有想起“肠子、肚子”是文明人该忌讳的东西，上青菜的时候又总是忘了一声欢呼：“青菜来了！我最爱吃青菜了！”等别人先叫了我当然不免后悔，但已来不及了。试看人家说这话的当儿显出多么高贵的气质，言外之意不外“我家天天蒸龙炙凤，你这桌珍肴只有青菜是我很少吃到的”。而我觉得天下最可笑的事莫过于到酒席上去吃一棵用苏打水煮得酥软又绿得古怪蹊跷的芥菜了。

偶尔看一眼电视，我总是深感惭愧，简直像做了小偷似的。电视节目是卖药的提供的，看电视而不买药简直像白看戏一样不道德。设若人人都像我一样不道德，还得了吗？可惜卑鄙的我无论是“救心”“救肾”都用不着，整肠健胃的药也跟我无缘，我甚至还忘了复兴固有文化人人有责的信条，居然也没买过“追风透骨丸”“铁牛运功散”“七厘行血散”，自己也很为自己的厚颜不安。不过我倒建议在这“药物超级市场”的电视广告中，可否加上一种药——专令人生点什么病的药：一来我生了病，自可理直气壮地走进药店，付我该付的“娱乐费”；二来我也可以稍稍提高自己的社会地位，免得别人谈病的时候，我总是有被摒弃的自卑。

我第三件不如人的事是生活得太简单，以致失去了形形色色可资抱怨的资料。我也想抱怨自己的记性坏，但因缺少几分富贵气，即使勉强凑热闹抱怨两句，未必使“贵人多忘”的逆定理即“多忘贵人”成立。我也很想抱怨台北的路不及纽约好找，但不成器的我一打开地图就知道去龙山寺、去后港里，乃至于去深坑、去倒吊子该坐什么车。我更羡慕的抱怨是抱怨台北的菜馆变不出花样来，抱怨真正优秀的厨子都出去做了宣慰使。说来不怕人耻笑，我即使吃一碗牛肉面、一碗担担面也觉得回味无穷。我甚至迷信中国厨子做的汉堡牛肉饼（看，好好一个用 Hamburger 的机会被我错过了！）也比洋人做得好吃些。对于那些高高兴兴地抱怨用人难侍候、抱怨司机难请、抱怨女秘书不好找的人物，我真是艳羡万分。假如我能再做一遍小学生，再有机会写一遍“我的志愿”，我一定不再想当总统或科学家了，我只愿能够做一个时时刻刻可以抱怨的人。大抱怨固然可以造成大显赫的感觉，小抱怨也颇能顾盼自雄，足以造成不肖如我者的嫉妒。说来真丢脸，我已经无能到连抱怨汽油贵的人都嫉妒的程度了（因为我和我的朋友们从来不买汽油，我的朋友们用汽油只止于打火机，我们也很想说几句话抱怨石油恐慌，但总壮不起胆来）。我嫉妒人家抱怨儿子不吃饭、不吃猪肝、不吃鸡腿——因为我的儿子从来不晓得吃饭前还有“母亲应该恳切地哀求，并许以郊游、逛街、冰激凌等”的“文明规则”。相较之下，很为犬子“援筷直吃”的缺乏教养的表现而羞愧，至于那些抱怨股票不好做，抱怨女儿不好好学钢琴，抱怨太太花钱如水，抱怨全台北没有一个好手艺的西装师傅，抱怨买不到真正的美国生芹菜，无一不让人闻之自卑而汗颜。

我自己很缺乏抱怨的资料，不过好在我虽然身不能至，尚能心向往之。我深恐有人仍恬不知耻地不懂得为自己不能抱怨而自卑而羞愤，及谨撰文，但愿国中人士皆能父以勉子，兄以勉弟，以期他日能湔雪前耻、发愤图强，共缔光明之前程。

咱们何不来谈谈各人的心愿

“来，今天刚好有点闲，咱们何不来谈谈各人的心愿，说吧！”

这句话是孔子说的，时间是在两千五百年前，记下这句话的书是《论语》，篇名是《公冶长》。类似这样的话，孔子在《先进》篇也说过一次，此文只谈《公冶长》篇的这一次。

当日一起参加聊天的人，包括孔子在内，一共只有三个，看起来是较小规模、更高阶、更私密的对话。于是，子路先说：“但愿有朝一日我有好房子，好衣服（子路的好衣当然不是指名牌，而是指保暖实用的‘裘’）。而且，这些好车子好衣服我都不会小里小气，我会跟大家共用——就算用坏了，我也不计较、不在乎！”

然后颜渊说话了：“但愿一切做事的人都能有个做事的样子，有功有劳都该闭口不说话，绝不敲锣打鼓到处吆喝来称赞自己，甚至还希望别人一起来称赞，那算个什么呀？”（嘿嘿，你猜对了，最后两句是我偷偷加进去的。）

颜渊这段话，让人怀疑颇有“针对性”，他指的很可能是当时某个令人厌恶的政客的作风。（这种官场毛病，今日难道还少见吗？可怕的是连老师对校长，或校长对董事会，对教育当局，不是都在夸功诿过吗？）颜渊为人厚道，那天只“点到为止”，并且“对事不对人”，并不明言在骂谁。

孔子这两个徒弟，照今天的话来说，应是古人早就实施“多元入学”方案了。今人夸功，说成好像是自己发明的，其实是看这两位学生是如此相悬相殊，两人全身细胞没有一粒是长得相同的。他们说出来的心愿前后也毫不“搭界”，只能说是同门异调，各说各话。

但做老师的却不插嘴、不置评、不喝止。他只淡淡微笑，只用宽厚从容的眼神鼓励他们一路说下去，哪怕他们说到地老天荒，做老师的也都耐心听着——而且，这时候绝不会有个冒失的助理钻进来大叫一声：“哎呀，孔教授，快点快点，学校交通车要开了！”

此时此刻，孔子自己禁不住也想说话了。那一天，就是这段故事发生的两千五百年前的那一天，那是什么季节呢？会不会是春日初迟的暖暖的下昼呢？或是蝉声初沸的六月清晨？或者，落叶砉然的秋日？或者是冬夜炉灰中埋着薯香的安闲岁月？总之，孔子想把话题再延下去。

不过在孔子说话之前，我很想插一下嘴，孔子原来那句叫学生各自表述的话是这样说的：“盍何不各言尔志？”

翻成白话就是：“咱们何不来各自说说自己的‘志向’呢？”

问题就出在“志向”的解读上。今人说“志向”好像非指正经的、正大的事不可，例如“立志”或“志业”“志愿”“大志”“志在必得”都是指中学生可以堂而皇之写在作文簿里的那种东西。

但“志”在小篆文字上是这样写的：“𢗭”，更早的金石文的写法也类同，它写成“[illegible]”。

要解释，其实也很容易说明白：志不是今人以为的是“士”“心”，而是“㞢（之）”“心”。

“之”又是什么？之是“通”“往”“至”“与”之义。要找一句话形容“志”，就是“心之所之”。清朝末年的文字学家戴东原的解释颇有现代诗的作风，他说：“心之所注为志。”哇！说得心好像一条长河似的，一路流注、灌注、投注、注入……今人如果想到注，大概只会想到赌博“下注”吧？

总之，“志”不是“刚性字眼”，它是个“柔性字眼”，跟今人想的方向颇不一样。

在孔子生前和死后，那段时间典籍中提到“志”的句子，我且引三则：

其一是“诗言志，歌咏言”（见《尚书·舜典》）：《蔡传》为之解释，说“心之所之谓之志”。

其二是《诗经·大序》中说：“诗者，志之所之也。”

其三是《礼记·乐记》中说：“诗言其志也，歌咏其声也，舞动其容也。”

综合上述三条资料，孔子所说“各言尔志”的“志”其实只是说说“心底的话”，它有点像呛声，有点像抱怨，又像呓语，或者，甚至像祈祷。

孔子接着说了，他明知子路鲁直，说起话来简直像江湖大哥，心里老想着建立起他自己的“大丈夫的个人人格美学”，而颜渊想深植的是“有所不为的人格美学”，是约敛的，“不”标榜，“不”张扬，“不”自我急速膨胀。可是做老师的却自有其一番对广大人世的悲愿，他说：“老者安之，朋友信之，少者怀之。”

译成白话就是：

“愿社会祥和富足，让全天下的老人家都能获得身心安顿。愿道德在人心，壮年人跟壮年人，在一切的事业往返合作间，都可以坦然互信。愿年轻的后生，一想到前人对自己的栽培扶持和爱护，心里都会忍不住深深感动。”

我们姑且假定那时节是一个冬天的夜晚，姑且假定那夜炉火微温，而一盆红炭隐隐照亮师徒三人他们刚刚说罢心愿的三张面孔。

辑四 有些人

有些人，他们的姓氏我已遗忘，他们的脸却恒常浮着——像晴空。

有些人

有些人，他们的姓氏我已遗忘，他们的脸却恒常浮着——像晴空，在整个雨季中我们不见它，却清晰地记得它。

那一年，我读小学二年级，有一个女老师——我连她的脸都记不起来了，但好像觉得她是很美的。（有哪一个小学生心目中的老师不美呢？）也恍惚记得她身上那片不太鲜丽的蓝。她教过我们些什么，我完全没有印象，但永远记得某个下午的作文课，一位同学举手问她“挖”字该怎么写，她想了一下，说：“这个字我不会写，你们谁会？”

我兴奋地站起来，跑到黑板前写下了那个字。

那天，放学的时候，当同学们齐声向她说“再见”的时候，她向全班同学说：“我真高兴，我今天多学会了一个字，我要谢谢这位同学。”

我立刻快乐得有如胁下生翅一般——我生平似乎再没有出现那么自豪的时刻。

那以后，我遇见无数学者，他们严肃而高贵，似乎无所不知。但他们教给我的，远不及那个女老师为多。她的谦逊，她对人不吝惜的称赞，使我忽然间长大了。

如果她不会写“挖”字，那又何妨，她已挖掘出一个小女孩心中宝贵的自信。

有一次，我到一家米店去。

“你明天能把米送到我们的营地吗？”

“能。”那个胖女人说。

“我已经把钱给你了，可是如果你们不送，”我不放心地说，“我们又有什么证据呢？”

“啊！”她惊叫了一声，眼睛睁得圆突突，仿佛听见一件耸人听闻的罪案，“做这种事，我们是不敢的。”

她说“不敢”两字的时候，那种敬畏的神情使我肃然，她所敬畏的是什么呢？是尊贵古老的卖米行业，还是“举头三尺有神明”？

她的脸，十年后的今天，如果再遇到，我未必能辨认，但我每遇见那无所不为的人，就会想起她——为什么其他的人竟无所畏惧呢！

有一年夏天，中午，我从街上回来，红砖人行道烫得人鞋底都要烧起来似的。

忽然，我看到一个衣衫褴褛的中年人疲软地靠在一堵墙上，他的眼睛闭着，黧黑的脸扭曲如一截枯根，不知在忍受什么。

他也许是中暑了，需要一杯甘冽的冰水。他也许很忧伤，需要一两句鼓励的话，但满街的人潮流动，美丽的皮鞋行过美丽的人行道，没有人驻足望他一眼。

我站了一会儿，想去扶他，但我闺秀式的教育使我不能不有所顾忌，如果他是疯子，如果他的行动冒犯我——于是我扼杀了我的同情，让自己和别人一样地漠然离去。

那个人是谁？我不知道，那天中午他在眩晕中想必也没有看到我，我们只不过是路人。但他的痛苦却盘踞了我的心，他的无助的影子使我陷在长久的自责里。

上苍曾让我们相遇于同一条街，为什么我不能献出一点手足之情？为什么我有权漠视他的痛苦？我何以怀着那么可耻的自尊？如果可能，我真愿再遇见他一次，但谁又知道他在哪里呢？

我们并非永远都有行善的机会——如果我们一度错过。

那陌生人的脸于我是永远不可弥补的遗憾。

对于代数中的行列式，我是一点也记不清了。倒是记得那细瘦矮小、貌不惊人的代数老师。

那年七月，当我们赶到联考考场的时候，只觉整个人生都摇晃起来，无忧的岁月至此便渺茫了，谁能预测自己在考场后的人生？

想不到的是代数老师也在那里，他那苍白而没有表情的脸竟会奔波过两个城市而在考场上出现，是颇令人感到意外的。

接着，他蹲在泥地上，捡了一块碎石子，为特别愚鲁的我讲起行列式来。我焦急地听着，似乎从来未曾那么心领神会过。泥土的大地可以成为那么美好的纸张，尖锐的利石可以成为那么流丽的彩笔——我第一次懂得，他使我在书本上的批注之外了解了所谓“君子谋道”的精神。

那天，很不幸地，行列式没有考，而那以后，我再没有碰过代数书，我的最后一节代数课竟是蹲在泥地上上的。我整个的中学教育也是在那无墙无顶的课室里结束的，时隔十多年，才忽然咀嚼出那意义有多美。

代数老师姓什么？我竟不记得了，我能记得国文老师所填的许多小词，却记不住代数老师的名字，心里总有点内疚。如果我去母校查一下，应该不甚困难，但总觉得那是不必要的，他比许多我记得住姓名的人不是更有价值吗？

情 塚

——记印度阿格拉城泰姬玛哈陵

要去印度了，心情格外兴奋，有点像十六七岁的女孩，因为我知道前面有一场惊心动魄的恋爱，那人的粗细长短似乎并不重要，重要的是，我要谈恋爱了，这是大事，极慎重、极兴奋，是秘密的隐私，却又恨不得昭告天下。当时搜了一大堆参考书，竟又偏偏不去看，因为喜欢留几分茫然和未知。

“啊，可以看到一些佛教古迹吧！”

有朋友如此说，我笑笑。

“可以看看印度教的艺术！”

更内行的朋友如此说，我也笑笑。

至于我要在印度看到什么，自己也说不上来。好似王宝钏站在彩楼上，手里握一只绣球，想要丢给一个叫薛平贵的男人，而薛平贵又是谁呢？一个远方的流浪人？一个在幻象中红光护体让人误以为花园失火的人？不知道，但知绣球落处，一切一定是好的——因为我相信它是好的。

及至到了印度，才蓦然发现，许多让人流连的古迹，既不是佛教的，也不是印度教的，而是伊斯兰教的。从十七世纪到十九世纪，莫卧儿帝国一直统治着印度，这期间，印度本土的神雕断头折臂、斩腰削鼻不一而足，总之连神带庙，给弄得七零八落。至于伊斯兰教在失势以后留下的建筑，因为印度教、佛教没有那么强烈的排他性，倒很幸运地都一一保留了。而伊斯兰教徒一向又有洁癖，古迹保持得相当完好，“阿格拉”古城就是如此。

阿格拉几乎是莫卧儿帝国时期的“副都”（正式首都在德里），天气干燥，土质多砂，倒有几分具体而微的大漠景观。不知是此城的天然环境较近沙漠，容易引起蒙古人的乡愁，所以会有许多位莫卧儿皇帝都来建造它？或是因为这城既被许多莫卧儿帝王所钟爱，久而久之，竟也很知礼地把自己归为大漠景观以求回报？总之，这城市和其他湿热的城硬是不同。

飞机到了城市上方，俯首一看，毫不费力地就看到泰姬玛哈陵墓在下午的阳光中兀自白着。彼此一照面，虽各自一惊，却不肯就此泄了底，只两下静静打量不语。还有两天呢！我要好好看看它，此刻先不急。

旅馆是美式的，前面停着出租车、三轮车、马车和骆驼、大象，这一切交通工具都等着要把客人往陵墓带去。想着这么大这么新这么漂亮的一家旅馆，一年三百六十五天，日日住着想要去一窥泰姬玛哈陵墓的人，不能不说是一奇。旅舍中人去看陵墓中人，而旅舍难道不也是陵墓吗？陵墓难道不也是旅舍吗？想着想着，忽然迷糊了。

我的房间里除了正常的两张床以外，紧靠大片落地窗有一张做八角形设计贴地而做的床，周围绕以矮矮的有图案的木栏杆。所谓床，其实只是围着栏杆的软垫，上面放一个圆柱形的枕头。

“为什么要有这样一种床呢？”我问提着行李在等小费的侍者。

“这是莫卧儿式的床。这里常常会有伊斯兰国家的人来住呢！”

莫卧儿，这名字倒是听过，但自己的屋子里跑出一张莫卧儿床，感觉又拉近多了。我忙不迭地脱了鞋爬上“莫卧儿”式的床，抱膝看落地窗外的草坪和花园。莫卧儿，奇怪，莫卧儿分明是帖木儿的五世孙在阿富汗、印度一带所建的帝国，帖木儿本人又是元室的一支，想来中国人和莫卧儿国也不是完全非亲非故了，如果不是十九世纪英国人入侵，现在印度也许仍是莫卧儿帝国，那又是怎样一番景象呢？落地窗外，红花绿草兀自低迷。

晚饭前，我们去赶一趟“夕阳下的泰姬玛哈陵”。

资料上都说泰姬玛哈陵是纯白色的大理石造的，其实不然，天然的东西总难得有百分之百的纯白。照我看，它的好处正在某些石块的微灰微红微棕所造成的立体而真实的感觉，如果每块石头都纯白不二，恐怕看起来反而会平板呆滞，有如一张大型照片。

黄昏很合作，适度的霞光把四野拢在水红色的余韵里。正对着陵墓的大门前是一列几百米长的水池，一条不可踩踏的琉璃甬道。看到这里，才知道美国林肯纪念堂前的那一池水光是从哪里偷来的。而且仔细一想，连白宫都有了嫌疑，白宫太有可能是从这“世界七大奇工”之一的陵墓偷去的构想，至少那份“白”，和那圆顶就有点难以抵赖。

大抵看墓园，最宜在黄昏，日影渐暗之际，归鸟投树之时，声渐寂而色渐沉，只丢下你和墓，相对坐参“死亡”的妙谛。而后，天忽然黑了，你不知道幽灵此刻等着去安息，或是去巡游，心中有一份切肤的凄楚。

因为贪看天光的变换，舍不得到陵墓里面去，只绕着整栋建筑，看那敦实的圆顶，看那些门框上看不懂的由花色石头嵌成的可兰经文。

“哈啰，你们为什么不进去看？”有几个贴墙而坐的男孩闲闲地说。

“我们没有时间。”不知道是不是由于习惯，我们顺口这样回答。

“哼！没有时间！”有个男孩几乎有点气了，“你们花了几万块钱，老远跑到这里来，来到这里却不肯进去看，还说‘没有时间’！”

“啊，今天晚了，”我们忙着解释，“明天我们会再来看。”

“明天！明天和今天是不一样的！”他的语气一半愤然，一半不屑。

我们出其不意地挨了一场骂，但因为喜欢他的自豪和霸道，都乖乖地闭了嘴敬聆教益。其实世间景物何曾有一瞬相同？早晨是行云的夜来可能是山雨，百千年前的沧海此刻可能是桑田，曾经四足行走的那个奇怪生物，此刻已历经二足行走的阶段而进入三足行走的末程。世间何尝有一物昨日今日可作等观，那男孩毕竟是太年轻了，弱水长流，我只能尽一瓢饮，世界大千，我只能做一瞬观。我虽一向贪山嗜水，恨不能纵云蹈海，但也自知人力有时而穷，玩到力竭处，也只能拿牡丹亭里小丫头春香的一句戏词自慰，所谓：“这园子委实观之不足——留些余兴，明日再来耍子吧！”

人生能尽兴处便尽兴，不能尽兴则留此余兴，但这些话太繁复，没法一一讲给那年轻的男孩听，且留他在暮色里独自愤然。能爱自己的景观爱到生气的程度，这人已够幸福，让他去生甜蜜的气吧！

暮色极深了，我们走不了三步就忍不住要一回头去看那建筑，远远只见陵寝内有一支隐约的蜡烛摇曳的微光。整个建筑俯下身来护住那一点火光，像一只温暖的白色的大灯笼。

泰姬玛哈陵晚上不开放，但月圆前后四天例外，因为月下的陵寝又有一番玉莹的光泽。伊斯兰教徒给人的印象虽每每失之太强硬，但他们对月亮却独有深情，可惜我们没有算准时候，此刻尚是月牙时。想来想去，等到月圆之夜来夜游泰姬玛哈陵是不可能了，只好自己加一段行程——在睡眠中去魂思梦想吧，月不圆之夜，对梦访者，那扇门应该仍是开放的。

凌晨绝早，我和南华赶在朝阳之前，又跑到陵墓去。心情竟有点小儿心态，一夜都急得睡不稳。排队买了第一张票，一走进红砂岩的门楼，只见将醒未醒的一座古陵墓，在蓝天绿草之间兀然巍立。多奇怪的石宫，昨日初见，不觉生分，今日再访，亦不觉熟稔。它是盖给死者的，却让生者目授神移，它是用石头建成的，却又柔于春水柔于风。

我和南华坐在石板地上，晨凉中痴痴地看那穆然的殿宇，癫狂就癫狂吧，如果要我看长城，我也有足够的痴情和癫狂啊！但长城万里，没有一寸为我而逶迤，我只能看泰姬玛哈的墓，它们同是世上的奇工，就让我像故事中崔莺莺说的“还将旧来意，怜取眼前人”吧！

（小小的翠羽的鸟儿，急速地从一棵树飞投到另一棵树上去，每一棵树都很碧绿很丰美啊，你们还挑来拣去干什么呢？你们叫什么名字？我叫你们“树的电波”好吗？你们必是那些绿色的树所放出来的绿色长波短波吧？）

本来以为绝早之际，不会有游客，不料却有跟我们一样早的人络绎而来。令人感动的是其中大多数并不是东洋或西洋观光客，而是来自四乡的，结队成群的锡克族人，锡克人照例头上缠一块布，上身或着汗衫或赤裸，下身又是一块缠布，不知怎么缠的，竟缠成灯笼裤的形式，腕上戴锡环，而且，像约好了似的，大家一律长得又高又瘦又黑，这世界上几乎大多数的“漂亮地方”都是外国观光客的天下，但这些显然并不有钱的本土锡克族人却跋涉而来，要看看自己伊斯兰世界里无限庄严的陵宫。

这是一个怎样的早晨，一群远自台湾出发的女子，来看莫卧儿王朝五世国王沙杰汗国王的爱妻泰姬玛哈的陵墓。我们也身为人妻，也为某个男人所爱宠，我们一方面是来看这世上极雄奇的建筑，我们同时也来看这个一如寻常夫妻的平凡的爱情故事。

陵宫临河，河名朱穆拿，是恒河的一支，隔河是旧皇宫，以及猛虎为守的古堡。朱穆拿河在皇城一带是勇壮的护城河，但在陵宫之下却流成一首温婉的情歌，低低的，怕惊动了什么似的往前淌去。

世上多的是伟大的工程，但大多跟宗教、国防、炫奇矜能有关。金字塔当然足以令人叹服，以弗所的黛安娜月神庙也令人肃然，但看泰姬玛哈陵却令人心潮涌动，如黄河化冰，澌澌有声，看大匠奇工，竟能令人悄然泪下的，世间恐怕只此一处。

庞大的陵墓何处没有？秦始皇的陵寝光看数字已令人跌足而叹！那规模哪里是坟墓，根本就是一个城市，但泰姬玛哈陵却是一个丈夫献给妻子的爱，只此一点，便可千古。

早晨仍然清凉，我和南华仍然发痴一般远远地坐着，慢慢地遥读每一块石头，每一片镶嵌，想三百七十年前的一代风华。据说这是沙杰汗王子和蒙泰慈·玛哈王妃初遇的地方，她原来的名字是“皇城之荣”的意思。她十九岁出嫁，过了十九年的婚姻生活，其中十七年是王妃，两年是王后，生了十四个孩子，却夭折了七个，最后生完一个女儿，便在随夫南征的营帐中死去。想来做贵夫人也大不易，如果说“半生忧患”，倒也是实情，而沙杰汗对她的深情，恐怕也是在这番转战南北，相携相伴的寻常百姓的夫妻之义而来的吧？细味“寻常夫妻”四字，只觉得有余不尽。

陵宫并不极高，七十六米，约等于二十层大厦而已。四角远远地有四座同质料的石塔，算是祈祷塔，看来陵宫是被祈祷所环护的。石塔用肉眼稍微仔细看立刻可以发现与地面并不做九十度垂直，而是稍稍向外侧倾斜。这些细微处一看便知道是一个体贴入微的好情人设计的。他怕年代湮久，石塔倾圮，所以预先在设计上把它向外斜出，即使有一日，地老天荒，石崩塔坏，也不致向内压倒，惊动陵寝中那美丽女子的睡睫。

一个极小的男孩，正正经经、目不斜视地往前走去，那么小的孩子竟有那么肃然的表情，我几乎想笑，但终于没笑出来，只凝神看他一路走向陵宫。他将成长为一个怎样的印度少年呢？他也会是一个“情之所钟，正在我辈”的人吗？人间的爱情能一脉相传吗？世上多的是伟大的史册，堂皇的建筑，但泰姬玛哈的建筑却是秀丽而深情的，小男孩啊，你看懂了什么？你记取了什么？

泰姬死于一六三〇年，陵宫自一六三二年盖到一六五三年，每天动用工人两万名，其间曾因政治局势而停工一段时间。沙杰汗死于一六六六年，三十六年的鳏居就国王来说是一件奇怪的事。那是一个月夜，那年他已七十五岁，爱情却犹自温热，据说他临终时从古堡的病榻上支起病体，遥望朱穆拿河对岸的月光下的泰姬玛哈陵最后一眼，方始咽气。

他们合葬在一起，国王的墓尺寸上稍大一点，但他早已把中线的位置留给爱妻了，他自己像一个因事晚睡的丈夫，轻轻地蜷在一旁休息，这一侧卧，便是三百年岁月。不管人间几世几劫，他们只一径恬然入梦。

听故事的人常常听到的是沙杰汗的爱情，一首国王和王后的恋歌，但泰姬玛哈陵其实是一则双料的爱情故事。沙杰汗虽贵为国王，毕竟不是建筑大匠，当年丧妻，一心虽想造一个好陵寝，却又不知如何着手。当时刚好有一位建筑师来献图，整个设计虽大体仍沿用伊斯兰教建筑的圆顶和塔柱的基型，但是他敢于建议用白色大理石代替旧式建筑的红砂岩，在比例上也做得匀称完美，沙杰汗终于决定采用他的设计。

而那位建筑师，我们所不曾闻名的一位，为什么能有那么细腻美丽的设计呢？原来，他当时和沙杰汗一样，同是丧妻的伤心人。一个有大匠之才的男人和另一个有权位在手的男人，两人都拗不过命运，同时丧失了他们的妻子，但他们却执拗地爱下去，两个人合作完成了这项奇迹。建筑师的设计原来并不是给王后的，他是为他自己心中的王后、他的亡妻而设计的。虽然陵墓后来以泰姬玛哈为名，但想来他自己的妻子却必然带着了解的微笑临视每一根柔和的线条，她会说："我知道你是为我做的，不管别人叫这墓为什么名字，我爱啊！我知道，你是为我做的。"

那是一则双倍份的，爱的故事。

在这里，每一块大理石和另一块大理石之间是以爱情为黏合剂而架构起来的。

轻轻地走过，轻轻地传述这古老的故事，不要惊起一段三百年前的爱情。

陵墓里面到处饰以整片的镂花石板，长宽各约五尺，看着实在觉得眼熟，有些分明是石榴或莲花的图案，石棺的周围尤其明显，除了必要的小入口，四下用这种石饰绕得有如一圈石篱笆。

"这些雕刻，当时都是从中国请来的艺术家雕的！"导游说。

怪不得看着如此亲切，算来当时是明朝了，不晓得是怎样一批人千里迢迢来到印度做镂花石匠。这种图案分明是该用木头刻的，他们却硬把石头当木头来着刀，而且刻得如此亦娟秀亦刚健，实在令人爱不释手。做个没学问的人真好，因为永远遇到意外，跑来印度看到伊斯兰教艺术自己已觉得十分可惊可奇，及至在王后陵寝中又发现中国匠人的手迹更是瞠目结舌，乍悲乍喜。

墓穴分两层，上面一层是"虚墓"，下面一层才是"实墓"。（另有一说谓真正的墓还要再掘地数丈）。不过那种事对我而言不具意义，那是考古学家和盗墓者的事。

墓前坐着守墓人，一灯如豆，他不时长啸一声来表示陵墓设计上的回声之美，伊斯兰世界的音乐别有一番凄紧扣人的魔力，我在回廊中转来转去，听回声盘旋而上，如果中国诗人相信鸟鸣可以使深山更幽静，则这串吟啸想来也可以使陵墓更肃穆庄严吧！

太阳渐渐升高，整个墓宫也由凌晨的若有若无的莹白色转变成为刚烈的金属白。当年建材的选用真是高明，简直有点道家的意味，以不设色为色，结果竟反而获致了每一种颜色，时而是晨雾牵纱，时而是夕阳浴金，阴晦时有含烟的温柔，晴朗时有明艳的亮烈。天空蓝中带紫，谦逊沉着，仿佛它的存在，只为给泰姬玛哈陵做一面衬景。已经五个小时了，我和南华移坐在石塔的阴影里，依然目不转睛地望着那不朽的美。

手边有一本印得很粗陋的明信片，上面引了几位诗人的句子，这种题咏，总是显得吃力不讨好，有一位乌都诗人（乌都是印度的主要种族之一）说："好像沸腾（冒泡）的牛奶湖。"

另外一个印度诗人说："以皎柔的月光筑成的仙境。"

和真正的泰姬玛哈陵相比，那些诗句显得笨拙而又多事。

"别人怎么说，我不管，我说，"导游一副志得意满的样子，"泰姬玛哈陵像一颗爱的眼泪的结晶。"

他说完，等着大家鼓掌，我们鼓了，心里却不甚甘心，因为觉得也没什么大好处。

其实说泰姬玛哈陵"像什么"是徒劳无功的，它什么都不像，它是它自己，无可比拟，而且，也不必比拟。它清清楚楚说明了两个男人的悼念之忧，使人想见当年两个早逝妻子的清纯可爱。

“你们喜欢泰姬玛哈吗？”导游像考小学生一样问大家。

“世上所有的女人都会喜欢泰姬玛哈的故事！”我说。

一个印度女人擦身而过，她穿着一身湖绿色的纱质“沙丽”，真正的“其人如玉”，微风动处，“如玉”的裙裾又变得“似水”。而当年的泰姬又是怎么的风情呢？十九岁初嫁，朱穆拿河里曾经鉴照一双怎样的璧人！

再看一眼泰姬陵，再想一遍前因后果，以恋栈不舍的目光为花，再献一束芬芳吧！

泰姬，世间所有的女人，基本上是彼此知悉的，因此，容许我和你说话，像朋友一样，泰姬，世间的万千故事里，如果少了你的这一则，将是多大的遗憾。

泰姬，在我垂老之年未至以前，我希望能再看一次这陵墓，在月下，在雨中，在朝暾夕照间。

泰姬，幸福的女人，你使我明白，什么叫作一个女人的幸福——而且，原谅我，当我赤足走在绿茵上（伊斯兰教、印度教和佛教的庙堂都要求参观者脱鞋），当我走在石板上，当我穿过百花盛开馨香感人有如一卷经典的绿树，当我叩响每一片大理石的清音，去遥想你隔穴的心情，我忽然为强大的幸福感所攫住，并且重新估计自己究竟拥有多少资产。

你盛年而死，我却活着，并且很无赖地强迫丈夫要把一首叫“白头吟”的歌练好，以待他年唱给我听。

你虽身在世上最美的陵墓中，却不及见其设计之典丽，嵌镶之繁富，我却千里而来，相对俨然，身在山中不见山何如身不在山中而可以追烟捕岚听风观树。泰姬啊！一棺之隔，我原以为我要来嫉妒你的，而现在还是请你嫉妒我吧！

你活着的时候有仆从之盛，宫廷之富，我却只有小小的公寓和一畦“日日春”，种在绽红送翠的阳台。但我的那人却说：“天地虽大，有一小块地方却属于我们。”当紫薇和小茉莉相对各自紫其紫白其白，我爱宇宙间的这立锥之地远胜皇苑。

泰姬，这样的陵寝从今而后再也不会有了，这样耗费一亿多人次的大工程古来也可能只有这一座了。有一日，如果死亡走近我的屋檐，我们会束手请它先带走它所宠眷的一位。如果它先带去的是我的丈夫，我确知我的名字将是他口中最后的呢喃。如果被选中的是我，我也深信我的墓穴会是一座血色的红宝石宫殿（和你的白色系列成为多么漂亮的对比啊），红而温暖，在一个终身相随的男人的宽阔胸膛中，中间而稍左，在那里，我将侧耳，听我一生听惯的调子，他呼吸的祈祷，他血行的狂涛——再也没有比那更好的位置，宇宙的坐标图上最最温柔的一个点。

泰姬！

女子层

十年前的事了。

为了去看富士山顶的高山湖泊，我先到东京落脚一夜。旅行社为我订了一家旅店，我去柜台报到的时候，那职员忽然问我："你一个人吗？"

我说是。

"你在东京有没有男朋友？"

我大吃一惊，怎么这种事也在询问之列？多礼的日本职员怎会这样问话？而且，我也不确定他所谓的"男朋友"是什么意思。

"我……我……有朋友，那朋友是男的。"

我在东京本来一个鬼也不认识，但临行有位热心的朋友听说我居然只身旅行，偏要介绍他的一位日本朋友给我，怕我万一有事流落异邦，可有处投靠。我告诉旅馆职员的"男朋友"，便指此人而言。

那职员大概也明白，我被他搞糊涂了。

"这样说吧，如果他来见你，你们在哪里见面？"

"在廊厅呀！"

"他不用进你房间？"

"不用。"

我忍住笑，我带进房间干什么？朋友介绍他这朋友给我，原是供我做“备用救生员”的，我带他进房间干什么？神经病！

“好，这样的话，”他的表情豁然开朗了，“你可以住在我们的女子层，女子层里比较自由，男人不可以上女子层。女子层里全是女子。”

我算得上是个五湖四海乱跑的人，什么旅馆也算都见识过了，但这家旅店的这种安排我竟没见过。不得不承认这构想新奇有趣。

上得楼来，入眼四壁全是浅浅的象牙粉红（有点像“故宫”为了配合最近展出罗浮宫名画而髹漆的粉色），心情不禁一振，觉得有一种被体贴被爱宠的感觉。

至于浴室里的陈设虽然无非是洗发精、沐浴乳，但都精致巧美，看来竟像细心的妈妈为远归的女儿预备的。至于床罩、枕头、梳妆品和室内布置其温馨旖旎处就不必一一细说了。

不过，令我印象最深刻的却不是这些，而是在床头柜上放着的那本装订考究的日记册子。册子厚厚的，里面写满房客留下的一鳞半爪。我不识日文，没办法完全看懂那些有缘和我住同一间房睡同一张床的女孩子的心声，但仗着日记里有些汉字，我也多少读懂了一点。

例如有个女孩说，那天是她生日，她一人身在旅邸，想起父母亲友之恩，内心深为感激。也有的说，有幸一憩此屋，不胜欣喜。也有的讲些人生感怀。虽然并不是什么高言大智，但一一自有其芳馨的手泽。

那光景，竟有些像住在天主教的女子中学宿舍里，美丽的女儿国，男人还未曾在生命中出现，女孩儿彼此悄声细语，谈些心事。至于那情感特别相投的，就彼此交换日记来看，那里面有一种情逾姐妹的亲热。

我后来旅行他地，也不曾看过类似的旅馆，所以对它十分怀念。你当然可以讥笑他们用象牙粉红来讨好女性未免太肤浅，但毕竟这其间有一份心，而身为女子，对对方“有一份心”的事是不会忘恩的。

我真的很怀念那家旅馆的女子空间。

光采男子

我不见那人，算来居然也有十几年了。有天开车，在收音机里偶然收到他的声音，他正在接受女记者的采访。哈！我想，虽然是在收音机里，我也能想象他正在努力漂亮着的那番模样。

所谓风采男人，大概包括五官、身材、谈吐、穿着品位、高学历和江湖上（“学术江湖”或“政坛江湖”）的响亮名头。以上条件，此人算是约略具备了，虽然每一项都未必是上选。

我和他不熟，偶尔碰见，总是在他人邀请的集会上。此外，他请过我做一场演讲。

可是，有一天午夜时分，我遇见他，在一家小餐厅。那地方很多人喜欢去吃消夜，我和家人这天也去享受一下江米藕和清蒸臭豆腐的滋味。

正忙着点菜上菜，他走过来，原来当晚他也在这家餐厅里，我站起身来要跟他“打个招呼”，才发现他的脸——哦，不，他不是过来跟我打招呼的，他有惊天动地的话要说。他醉了，至少是半醉。他的手里犹自端着一杯酒，他大概不是一个人来喝闷酒的，那跟他的个性不合，那么他一定有一桌朋友坐在餐厅某一角落。是哪一桌？我不确定，我只知道他的异常落寞的脸正期待倾诉。那么，他为什么不跟他同桌的朋友去说，却急急地跑到我的桌上来呢？

“你知道吗？”他俯身向着我的座位，“今天一大早，我接到我女儿的长途电话，从纽约打来的。——你知道她要告诉我什么吗？我的女儿——”

“哦——”我回答，我不知道该说什么，不过，我知道，这场面，他所需求于我的，大概就是我什么都不必说吧！我知道他离了婚，女儿和母亲同住。他在台北的高身价和这身份也有关系吧！

“我女儿说：‘爸爸！你知道吗？我来了月经了。’我说：‘好啊，女儿，恭喜你，你现在算是个小女人了！’你看，我的女儿，她居然月经来了——”

我有点明白了。我猜，他那桌上的朋友，大概都是些男人，他无从跟他们开口。

“恭喜你了，”我说，“女儿长大了呢！”

我的恭喜不是假意，但也并不全然真实，我的女儿也在那时候初潮。我知道那欣喜中有茫然若失的空虚感觉。更何况，他失去了整个和孩子相共的成长历程。而且，那时机一旦失去，就永远不会再回来。这一点，他知道，我也知道。

繁灯的夜晚，有多少权倾一时或风华倾一座的光采男子，各咽其欲吐难吐的悲情，各忍其欲泪无泪的哽咽。

那以后我一直未见他。每次想起，别的事全忘了，单只记得酒杯后那张悲苦落寞的脸，飘浮在城市喧嚣的灯影里。而那晚我竟曾附和他，向他恭喜。

我猜他自己已忘记那晚的事，我相信他之所以还能活得光鲜耀目，活蹦乱跳，很可能就是由于第二天一早起来，便已忘记前晚他自己的脸——不对，他那晚其实根本未曾看见他自己的脸，他的脸刚好长在他目光不及之处。连“忘记”的手续都不必了，他压根儿不相信自己的脸除了一向自信的微笑外，还可以悲苦沮丧。

他是幸运的。或许。

记得那张酸楚的脸的人，其实是我。

她曾教过我

——为纪念中国戏剧导师李曼瑰教授而作

秋深了。

后山的蛩吟在雨中渲染开来，台北在一片灯雾里，她已经不在这个城市里了。

记忆似乎也是从雨夜开始的，那时她办了一个编剧班，我去听课。那时候是冬天，冰冷的雨整天落着，同学们渐渐都不来了，喧哗着雨声和车声的罗斯福路经常显得异样的凄凉，我忽然发现我不能逃课了，我不能把她一个人丢给空空的教室。我必须按时去上课。

我常记得她提着百宝杂陈的皮包，吃力地爬上三楼，坐下来常是一阵咳嗽，冷天对她的气管非常不好，她咳嗽得很吃力，常常憋得透不过气，可是在下一阵咳嗽出现之前，她还是争取时间多讲几句书。

不知道为什么，想起她的时候总是想起她提着皮包，伛着背踽踽行来的样子——仿佛已走了几千年，从老式的师道里走出来，从湮远的古剧场里走出来，又仿佛已走几万里地，并且涉过最荒凉的大漠，去教一个最懵懂的学生。

也许是巧合，有一次我问文化学院戏剧系的学生对她有什么印象，他们也说常记得站在楼上教室里，看她缓缓地提着皮包走上山径的样子。她生平不喜欢照相，但她在我们心中的形象是鲜活的。

那一年她为了纪念父母，设了一个“李圣质先生夫人剧本奖”，她把首奖颁给了我的第一个剧本《画》，她又勉励我们务必演出。在认识她以前，我从来不相信自己会投入舞台剧的工作——我不相信我会那么傻，可是，毕竟我也傻了，一个人只有在被另一个傻瓜的精神震撼之后，才可能成为又一个傻瓜。

常有人问我为什么写舞台剧，我也许有很多理由，但最初的理由是“我遇见了一个老师”。我不是一个有计划的人，我唯一做事的理由是：“如果我喜欢那个人，我就跟他一起做。”在教书之余，在家务和孩子之余，在许多繁杂的事务之余，每年要完成一部戏是一件压死人的工作，可是我仍然做了，我不能让她失望。

在《画》之后，我们推出了《无比的爱》《第五墙》《武陵人》《自烹》（仅在香港演出）、《和氏璧》和今年即将上演的《第三者》，合作的人如导演黄以功，舞台设计聂光炎，也都是她的学生。

我还记得，去年八月，我写完《和氏璧》，半夜里叫了一部车到新店去叩她的门，当时我来不及誊录，就把原稿呈给她看。第二天一清早她的电话就来了，她鼓励我，称赞我，又嘱咐我好好筹演，听到她的电话，我感动不已，她一定是漏夜不眠赶着看的。现在回想起来不免内疚，是她太温厚的爱把我宠坏了吧，为什么我兴冲冲地去半夜叩门的时候就不曾想想她的年龄和她的身体呢？她那时候已经在病着吧？还是她活得太乐观太积极，使我们都忘了她的年龄和身体呢？

我曾应《幼狮文艺》之邀为她写一篇生平介绍和年表，有很长一段时间，我仔细观察她的生活，她吃得很少（家里倒是常有点心），穿得也马虎，住宅和家具也只取简单实用的，连出租车都不太坐。我记得把写好的稿子给她看时，她只说："写得太好了——我哪里有这么好？"接着她又说："看了你的文章别人会误会我很孤单，其实我最爱热闹，亲戚朋友大家都来了我才喜欢呢！"

那是真的，她的独身生活过得平静、热闹而又温暖，她喜欢一切愉悦的东西，她像孩子。很少看见独身的女人那样爱小孩的，当然小孩也爱她，她只陪小孩玩，送他们巧克力，她跟小孩在一起的时候也像小孩，不是学者，不是教授，不是"立法委员"。

有一夜，我在病房外碰见她所教过的两个女学生，说是女学生，其实已是孩子读大学的华发妈妈了，那还是她在大学毕业和进入研究所之间的一年，在广东培道中学所教的学生，算来已接近半世纪了（李老师早年尝试着用英文写过一个剧本《半世纪》，内容系写一传教士终生奉献的故事，其实现在看看，她自己也是一个奉献了半世纪的传教士）。我们一起坐在廊上聊天的时候，那太太掏出她儿子从台中写来的信，信上记挂着李老师，那大男孩说："除了爸妈，我最想念的就是她了。"——她就是这样一个被别人怀念、被别人爱的人。

作为她的学生，有时不免想知道她的爱情，对于一个爱美、爱生命的人而言，很难想象她从来没有恋爱过，当然，谁也不好意思直接地问她，我因写年表之便稍微探索了一下，我问她："你平生有没有什么人影响你最多的？"

"有，我的父亲，他那样为真理不退不让的态度给了我极大的影响，我的笔名雨初（李老先生的名字是李兆霖，字雨初，圣质则是家谱上的排名）就是为了纪念他。""除了长辈，我也指平辈，平辈之中有没有朋友是你所佩服而给了你终生的影响的？”她思索了一下说：“有的，我有一个男同学，功课很好，认识他以前我只喜欢玩，不大看得起用功的人，写作也只觉得单凭才气就可以，可是他劝导我，使我明白好好用功的重要性，光凭才气是不行的——我至今还在用功，可以说是受他的影响。”

作为一个女孩子，我很难相信一个女孩既折服于一个男孩而不爱他的，但我不知道那个书念得极好的男孩现今在哪里，他们有没有相爱过。我甚至不问他叫什么名字。他们之间也许什么都没有开始，什么都没有发生——当然，我倒是宁可相信有一段美丽的故事被岁月遗落了。

据她在培道教过的两个女学生说：“倒也不是特别抱什么独身主义，只是没有碰到一个跟她一样好的人。”我觉得那说法是可信的，要找一个跟她一样有学养、有气度、有原则、有热度的人，质之今世，是太困难了。多半的人总是有学问的人不肯办事，肯办事的没有学问，李老师的孤单何止在婚姻一端，她在提倡剧运的事上也是孤单的啊！

有一次，在香港导演舞台剧的江伟先生到台湾来拜见她，我带他去看她，她很高兴，送了他一套签名著作。江先生第二次来台的时候，她还请他吃了一顿饭。也许因为自己是台山人，跟华侨社会比较熟，所以只要听说演戏，她就非常快乐、非常兴奋，她有一件超凡的本领，就是在最无可图为的时候，仍然兴致勃勃的，仍然相信明天。

我还记得那一次吃饭，她问我要上哪一家，我因为知道她一向俭省（她因为俭省惯了，倒从来不觉得自己是在俭省了，所以你从来不会觉得她是一个在吃苦的人），所以建议她去云南人和园吃“过桥面”，她难得胃口极好，一再鼓励我们再叫些东西，她说了一句很慈爱的话：“放心叫吧，你们再吃，也不会把我吃穷，不吃，也不会让我富起来。”而今，时方一年，话犹在耳，老师却永远不再吃一口人间的烟火了，宴席一散，就一直散了。

一次我从境外回来，赶完了剧本，想去看她，曾问黄以功她能吃些什么。“她什么也不吃了，这三个月，我就送过一次木瓜，反正送她什么也不能吃了……”

我想起她最后的一部戏《瑶池仙梦》，汉武帝曾那样描写死亡：

“你到如今还可以活在世上，行着、动着、走着、谈着、说着、笑着，能吃、能喝、能睡、能醒、又歌、又唱，享受五味，鉴赏五色，聆听五音，而她，却蛰伏在那冰冷黑暗的泥土里，她那花容月貌，那慧心灵性……都……”

心中黯然久之。

李老师和我都是基督徒，都相信永生，她在极端的痛苦中，我们曾手握着手一起祷告，按理说是应该不在乎“死”的——可是我仍然悲痛，我深信一个相信永生的人从基本上来说是爱生命的，爱生命的人就不免为死别而凄怆。

如果我们能爱什么人，如果我们要对谁说一句感恩的话，如果我们要送礼物给谁，就趁早吧！因为谁也不知道明天还能不能表达了。

其实，我在八月初回台的时候，如果立刻去看她，她还是精神健旺的，但我却拼着命去赶一个新剧本《第三害》，赶完以后又漏夜誊抄，可是我还是跑输了，等我在回台湾二十天后把抄好的剧本带到病房的时候，她已进入病危期了，她的两眼睁不开，她的声音必须伏在胸前才能听到，她再也不能张开眼睛看我的剧本了。子期一死，七弦去弹给谁听呢？但是我不会摔破我的琴，我的老师虽走了，众生中总有一位足以为我之师为我之友的，我虽不知那人在何处，但何妨抱着琴站在通衢大道上等待呢？舞台剧的艺术总有一天会被人接受的。

年初，大家筹演老师的《瑶池仙梦》的时候，心中已有几分忧愁，聂光炎曾说："好好干吧，老人家已七十岁了，以后的精力如何就难说了，我们也许是最后一次替她效力了。"不料一语成谶，她果真在演《瑶池仙梦》三个月以后开刀，在七个月后不治。《瑶池仙梦》后来得到最佳演出的金鼎奖，其导演黄以功则得到最佳导演奖，我不知对一位终生不渝其志的戏剧家来说这种荣誉能给她增加什么，但多少也表现社会给她的一点尊重。

有一次，她开玩笑地对我说："我们广东有句话：'你要受气，就演戏。'"

我不知她一生为了戏剧受了多少气，但我知道，即使在晚年，即使受了一辈子气，她仍是和乐的，安详的。甚至开刀以后，眼看是不治了，她却在计划什么时候出院，什么时候出去为她的两个学生黄以功和牛川海安排可读的学校，寻找一笔深造的奖学金，她的遗志没有达到便撒手去了，以功和川海以后或者有机会深造，或者因恩师的谢世而不再有肯栽培他们的人，但无论如何，他们已自她得到最美的遗产，就是她的诚恳和关注。

她在病床上躺了四个月，茶几上总有一本《圣经》，床前总有一个忠心不渝的管家阿美。她本名叫李美丹，也有六十了，是李老师邻村的族人，从抗战后一直跟从李老师到今，她是一个瘦小的、大眼睛的、面容光洁的、整日身着玄色唐装而面带笑容的老式妇女。老师病重的时候曾因她照料辛苦而要加她的钱，她黯然地说："谈什么钱呢？我已经服侍她一辈子了，我要钱做什么用呢？她已经到最后几天了，就是不给钱，我也会伺候的。"我对她有一种真诚的敬意。

亚历山大大帝曾自谓："我两手空空而来，两手空空而去。"但作为一个基督徒的她却可以把这句话改为："我两手空空而来，但却带着两握盈盈的爱和希望回去，我在人间曾播下一些不朽，是给了别人而依然存在的。"

最后我愿将我的新剧《第三害》和它的演出，作为一束素菊，献于我所爱的老师灵前。曾有人赞美过我，曾有人诋毁过我，唯有她，曾用智慧和爱心教导了我。她曾在前台和后台看我们的演出，而今，我深信她仍殷殷地从穹苍俯身看我们这一代的舞台。

酒井先生的笑容

隆冬，北海道，盛雪。

“你不要露出兴奋的样子啦！”朋友警告我，“人家日本人为这场冰封大雪，烦都烦死了，你兴奋，倒像在幸灾乐祸似的。你知道上个礼拜，还有人死在车上，雪封了路，他又有心脏病。”

可是，我是终年不见雪的人，偶然见了，难免像发了横财，忍不住就要跳要叫。

我们去了札幌的民俗村。

“不要进去吧！”门口迎出了管理员来劝阻我们，“今天雪大啊，雪倒是铲了，可以走，但我看是不必了。走不好，会跌一跤的。”

他的话说得异常诚恳，我忍不住要去看一看他胸前的名牌，这个人的名字我要记住，这么好的人。原来他姓酒井。嗯，我喜欢酒井这个名字，有点仙家气味。他脸圆圆的，冻得微红。日本人说话本来就有一种夸张的认真，他则是比认真更认真的口气。

但我们还是婉拒了他的劝告，执意要走进村子，两侧的雪堆得一人高，我们竟像走在壕沟里。

果真是一个游客也没有，我们走着，穿过那些古老的拉门，一时之间，竟恍惚走回一九四九年的台湾。登上玄关，虽然只是惯见的榻榻米和纸门，却也如见故人。那小小的落地窗台，如果不是留给我的又是留给谁坐的呢？

至于那盏白瓷灯罩，分明也是从我家故居搬来的。

走着走着，倒也不觉冷，我的桃红色的羊毛围巾竟让我自觉拥有秘密御寒武器似的。

整个村子看来都是些不知从哪里搬来的老屋，算是“众房子的老人院”吧？一栋栋立在那里，在阒无一人的雪景里，既凄凉又温馨。

忽然，路的左侧有人大喊了一声，我不懂日文，吓了一跳。仔细一看，立刻明白这队人马是电视台的，他们架好机器在那里等待鱼儿进网，想来他们也等了好半天了。他们要求我们再走一遍，供他们入镜。反正大冷天的，包头包脸，也无所谓上镜头不上镜头，我倒是庆幸那条桃色羊毛巾和雪地的颜色极称。如果我懂日文，我会告诉他：“我不想上电视，但这桃色围巾值得上，我姑且权充这围巾的撑架，一起走进镜头吧。”

折腾了半天，他们告诉我们播出的日期，但旅途匆匆，谁管它呢？我们又四处逛逛，便强自收敛游兴，折回原路。漫天大雪，竟然硬生生地把太阳逼成一轮幽幽月色，倒也离奇。

在这种诡奇的月色下，我们又回到入口处，令我大吃一惊的是，酒井先生居然还站在那里。看见我们，他高兴地又笑又叫：“哎呀，哎呀，真好啊，你们平安回来啦！”

啊，真是岂有此理！做管理员做到这样，简直是把游客当子女来关怀！两个小时以前，我们乘兴前行，竟害得他如此忐忑不安，想来真不免有几分过意不去。

一直记得他的脸，大雪里的一枚红石榴，笑得开心到爆裂的程度。我才蓦然体悟到，原来“无恙”是那么值得庆幸的事。

你的侧影好美

中午在餐厅吃完饭，我慢慢地喝着那杯茶。茶并不怎么好，难得的是那天下午并没有什么赶着做的事，因此就慢慢地一口一口地啜着。

柜台那里有个女孩在打电话，这餐厅的外墙整个是一面玻璃，阳光流泻一室。有趣的是那女孩的侧影便整个印在墙上，她人长得平常，侧影却极美。侧影定在墙上，像一幅画。

我坐着，欣赏这幅画，奇怪，为什么别人都不看这幅美人图呢？连那女孩自己也忙着说个不停，她也没空看一下自己美丽的侧影。而侧影这玩意儿其实也很诡异，它非常不容易被本人看到。你一转头去看它，它便不是完整的侧影了，你只能斜眼去偷瞄自己的侧影。

我又坐了一会儿，餐厅里的客人或吃或喝——他们显然都在做他们身在餐厅该做的事。女孩继续说个不停，我则急我的事，我的事是什么事呢？我在犹豫要不要跑去告诉那女孩关于她侧影的事。

她有一副极美的侧影，她自己到底知道不知道呢？也许她长到这么大都没人告诉过她，如果我不告诉她，会不会她一生都不知道这件事？

但如果我跑去告诉她，她会不会认为我神经兮兮，多管闲事？

我为自己的假设苦恼着，而女孩的电话看样子是快打完了。我必须趁她挂上电话却还站在原来位置的时候告诉她。如果她走回自己座位我再拉她站回原地去表演侧影，一切就不再那么自然了。

我有点气自己，小小一件事，我也思前想后，拿捏不出个主意来。啊！干脆老实承认吧！我就是怕羞，怕去和陌生人说话，有这毛病的也不止我一个人吧！好，管他的，我且站起来，走到那女孩背后，破釜沉舟，我就专等她挂电话。

她果真不久就挂了电话。“小姐！”我急急叫住她，“我有一件事要告诉你……”

“哦……”她有点惊讶，不过旋即打算听我的说辞。

“你知道吗？你的侧影好美，我建议你下次带一张纸，一支笔，把你自己在墙上的侧影描下来……”

“啊！谢谢你告诉我。”她显然是惊喜的，但她并没有大叫大跳。她和我一样，是那种含蓄不善表达的人。

我走回座位，嘘了一口气。我终于把我要说的说了，我很满意我自己。“对！其实我这辈子该做的事就是去告诉别人他所不知道的自己的美丽侧影。”

辑五

也算可爱

虽有种种倒霉事，但我记得住的而且在心中把玩不已的，全是从生活渊泽里捞起来的种种不尽的可爱。

也算可爱

酒席上闲聊，有人说："啊哟，你不知道，她这人，七十岁了，雪白的头发，那天我碰到她，居然还涂了口红，血红血红的口红呢！"

"是呀，那么老了，还看不开……"

趁着半秒钟的"话缝"，我赶紧插进去说："可是，你们不觉得她也蛮可爱的吗？等我七十岁，搞不好我也要跟她学，我也去抹血红血红的口红！"望着惊愕地瞪着我的议论者，我重申"女人到七十岁还死爱漂亮，是该致敬的"。

记得有一年，在马来西亚拜访沈慕羽老先生。古老的华人宅第中，坐着他九十多岁的老母亲。我们想为她拍一张照，她忽然忸怩起来，说："等一等，我今天头发没梳好。"她说着便走进屋去。

在我看来，她总共就那几茎白发，梳与不梳，也不见得有差别。可是，她还是正正经经地去梳了头才肯拍照。

老而爱美的女子别有其妩媚动人处。

又有一次，听到有人批评一个爱批评人的人。

"可是，听你们说了半天，我倒觉得他蛮可爱，"我说，"至少他骂人都是明来明去，他不玩阴的！人到中年，还能直话直说，我觉得，也算可爱了！"

有人骂某教授，理由是：“朋友敬酒，他偏说医生不准他喝。不料后来餐厅女经理来敬酒，他居然一仰脖子就干了，真是见色忘友！”

“哎呀！”我笑道，“此人太可爱了。酒这种东西，本来就该为美人喝的，‘见色忘友’很正常啊！”

我想，既然我动不动就释然一笑，觉得人家很可爱，大概，是由于我自己也有几分可爱吧？

种种有情

有时候，我到水饺店去，饺子端上来的时候，我总是怔怔地望着那一个个透明饱满的形体。北方人叫它“冒气的元宝”，其实它比冷硬的元宝好多了，饺子自身是一个完美的世界，一张薄茧，包覆着简单而又丰盈的美味。

我特别喜欢看的是捏合饺子边皮留下的指纹，世界如此冷漠，天地和文明可能在一刹那之间化为炭劫，但无论如何，当我坐在桌前，上面摆着亲人捏合的饺子，热雾腾腾中，指纹美如古陶器上的雕痕，吃饺子简直可以因而神圣起来。

“手泽”为什么一定要拿来形容书法呢？一切完美的留痕，甚至饺皮上的指纹不都是美丽的手泽吗？我忽然感到万物的有情。

巷口一家饺子馆的招牌是正宗川味山东饺子馆，也许是一个四川人和一个山东人合开的。我喜欢那招牌，觉得简直可以画入《清明上河图》，那上面还有电话号码，前面注着 TEL，算是有了三个英文字母，至于号码本身，写的当然是阿拉伯（数）字、英文，不能不说是一种可爱。

校车反正是每天都要坐的，而坐车看书也是每天例有的习惯。有一天，车过中山北路，劈头栽下一片叶子竟把手里的宋诗打得有了声音，多么令人惊异的断句法。

原来是通风窗里掉下来的。也不知是刚刚新落的叶子，还是某棵树上的叶子在某时候某地方，偶然憩在偶过的车顶上，此刻又偶然掉下来的。我把叶子揉碎，它是早死了，在此刻，它的芳香在我的两掌复活，我揸开微绿的指尖，竟恍惚自觉是一棵初生的树，并且刚抽出两片新芽，碧绿而芬芳，温暖而多血，镂饰着奇异的脉络和纹路，一叶在左，一叶在右，我是庄严地合着掌的一截新芽，爱恋着重生的生命。

两年前的夏天，我们到堪萨斯城去看朱和他的全家——标准的神仙眷属，博士的先生，硕士的妻子，数目“恰恰好”的孩子，可靠的年薪，高档住宅区里的房子，房子前的草坪，草坪外的绿树，绿树外的蓝天……

临行，打算合照一张，我四下浏览，无心地说：“啊，就在你们这棵柳树下面照好不好？”

“我们的柳树？”朱忽然回过头来，正色地说，“什么叫我们的柳树？我们反正是随时可以走的！我随时可以让它不是‘我们的柳树’。”

一年以后，他们全家都回来了，不知堪萨斯城的那棵树如今属于谁——但朱属于这块土地，他的门前不再有柳树了，他只能把自己栽成这块土地上的一片绿意。

春天，中山北路的红砖道上，有人手拿着用粗绒线做的长腿怪鸟在兜卖，风吹着鸟的瘦胫，飘飘然好像真会走路的样子。

有些外国人忍不住停下来买一只。

忽然，有个女人停了下来，她不很年轻，三十岁左右，一看就知是由于精明干练，日子过得很忙碌的女人。

“这东西很好，”她抓住小贩，“一定要外销，一定赚钱，你到 ×× 路 ×× 巷 × 号二楼上去，一进门有个 × 小姐，你去找她，她一定会想办法给你弄外销！”

然后她回头重复了一次地址，才放心地走开。

台湾怎能不富，连路上不相干的路人也会指点别人怎么做外销。其实，那种厂商也许早就做外销了，但那女人的热心，真是可爱得紧。

暑假里到中部乡下去，弯入一条岔道，在一棵大榕树底下看到一个身架特别小的孩子，把几根绳索吊在大树上，他自己站在一张小板凳上，结着简单的结，要把那几根绳索编成一个网花盆的吊篮。

他的母亲对着他坐在大门口中，一边照顾着杂货店，一边也编着美丽的结。蝉声满树。我停下来搭讪着和那妇人说话，问她卖不卖，她告诉我不能卖，因为厂方签好契约是要外销的，带路的当地朋友说他们全是不露声色的财主。

我想起那年在美国逛梅西百货公司，问柜台小姐那台录音机是不是中国台湾做的，她回了一句："当然，反正什么都是日本跟中国台湾来的。"

我一直怀念那条乡下无名的小路，路旁那一对富足的母子，以及他们怎样在满地绿荫里相对坐编那织满了蝉声的吊篮。

我习惯请一位姓赖的油漆工人，他是客家人，哥哥做木工，一家人彼此生意都有照顾。有一年我打电话找他们，居然不在，因为到关岛去做工程了。

过了一年才回来。

"你们也是要三年出师吧？"有一次我没话找话地跟他们闲聊。

"不用，现在两年就行。"

"怎么短了？"

"当然，现代人比较聪明！"

听他说得一本正经，我顿时对人类的前途都乐观了起来，现代的学徒不用生炉子，不用倒马桶，不用替老板娘抱孩子，当然两年就行了。我一直记得他们一口咬定现代人比较聪明时脸上那份尊严的笑容。

老王是一个包工头，圆滚滚的身材加上圆头圆脸圆眼睛——甚至还有个圆鼻子。

可是我一直觉得他简直诗意得厉害。

一张估价单，他也要用毛笔写，还喜欢盯着人问："怎么？这笔字不顶难看吧？"

碰到承包大工程，他就要一个人躲到乌来去，在青山绿水之间仔细推敲工和料的盈亏。

有一次，偶然闲谈，他兴高采烈地提到他在某某地方做过工程。那是一个军事单位。

"有人说那里有核弹，你看到没有？"

"当然有！"

"有，又怎么会让你看见？"我笑了起来。

"老实说，我也没看见，"他也笑起来，不过仍理直气壮，"不过，有，我也没有；没有，我也有；反正我就是硬要说它有。我们做老百姓的就是这样。"

有没有核弹忽然变得不重要，有老王这样的人才是件可爱的事。

学校下面是一所大医院。黄昏的时候，病人出来散步，有些探病的人也三三两两地散步。

其中有一个人，抱怨钱不禁用，抱怨着抱怨着，像所有的中老年人一样，话题忽然就回到四十年前一块钱能买几百个鸡蛋的老故事上去了。

忽然，有一个人憋不住地叫了起来："你知道吗，抗战前，我念初中，有一次在街上捡到一张钱，哎呀，后来我等了一个礼拜天，拿着那张钱进城去，下了馆子，又吃了冰激凌，又买了球鞋，又买了字典，又看了电影，哎呀，钱居然还没有花完哪……"

山径渐高，黄昏渐冷。

我驻下脚，看他们渐渐走远，不知为什么，心中涌满对黄昏时分霜鬓的陌生客的关爱，四十年前的一个小男孩，曾被突来的好运弄得多么愉快，四十年后山径上薄凉的黄昏，他仍然不能忘记……不知为什么，我忽然觉得那人只是一个小男孩，如果可能，我愿意自己是那掉钱的人，让人世间平白多出一段传奇故事……

无论如何，能去细品另一个人的惆怅也是一件好事。

新年第一天的清晨，天气异样地好，不是风和日丽的那种好，是清朗见底、毫无渣滓的一种澄澈。我坐在出租车上赶赴一个会，路遇红灯时，车龙全停了下来。我无聊地探头窗外，只见两个年轻人骑着自行车，其中一个说了几句话，忽然兴奋地大叫起来："真是个好主意啊！"

我不知他们想出了什么好主意，但看他们阳光下无邪的笑脸，也忍不住跟着高兴起来，不知道他们的主意是什么主意，但能在偶然的红灯前遇见一个以前没见过以后也可能不会见到的人，真是一个奇异的机缘。他们的脸我是记不住的，但那不重要，重要的是我记得他们石破天惊的欢呼。他们或许去郊游，或许去野餐，或许去访问一个笑靥如花的女孩，他们有没有得到他们预期的喜悦，我不知道，但我至少得到了。我惊喜于我能分享一个陌路的未曾成形的喜悦。

有一次，路过香港，有事要和乔宏的太太联络，习惯上我喜欢凌晨或午夜打电话——因为那时候忙碌的人才可能在家。

“你是早起的还是晚睡的？”

她愣了一下。

“我是既早起又晚睡的，孩子要上学，所以要早起；丈夫要拍戏，所以要晚睡——随你多早多晚打来都行。”

这次轮到我愣了，她真厉害，可是厉害的不止她一个人。其实，所有为人妻、为人母的大概都有这份本事——只是她们看起来又那样平凡，平凡得自己都弄不懂自己竟有那么大的本领。

女人，真是一种奇怪的人，她可以没有籍贯、没有职业，甚至没有名字地跟着丈夫活着，她什么都给了人，她年老的时候拿不到一文退休金，但她却活得那么有劲头，她可以早起，可以晚睡，可以吃得少，可以永无休假地做下去。她一辈子并不清楚自己是在付出还是在拥有。

资深主妇真是一种既可爱又可敬的角色。

文艺会谈结束的那天中午，我因为要赶回宿舍找东西，午餐会迟到了三分钟，慌慌张张地钻进餐厅，大家都按席次坐好了，已经开始吃了，忽然有人招呼我过去坐，那里刚好空着一个座位，我就不加考虑地走过去了。

等走到面前，我才呆了，那是谢东闵先生右首的位子，刚才显然是由于大家谦虚而变成的空位，此刻却变成了我这个冒失鬼的位子，我浑身不自在起来，跟大官一起总是件令人手足无措的事。

忽然，谢先生转过头来向我道歉：“我该给你夹菜的，可是，你看，我的右手不方便，真对不起，不能替你服务了，你自己要多吃点。”

我一时傻望着他，以及他的手，不知该说什么。那只伤痕犹在的手忽然美丽起来，炸得掉的是手指，炸不掉的是一个人的风格和气度。我拼命忍住眼泪，我知道此刻我不是坐在一个“大官”旁边，而是一个温煦的“人”旁边。

经过火车站的时候，我总是忍不住要去看留言牌。

那些粉笔字，不知道铁路局允许它们保留半天或一天，它们不是宣纸上的书法，不是金石上的篆刻，不是小笺上的墨痕，它们注定立刻便要消逝——但它们存在的时候，是多好的一根丝绦，是那样挽住了人间种种的牵牵绊绊。

我竟把那些句子抄了下来：

缎：久候未遇，已返，请来龙泉见。

春花：等你不见，我走了（我两点再来）。荣。

展：我与姨妈往内埔姐家，晚上九时不来等你。

每次看到那样的字，总觉得好，觉得那些不遇、焦灼、愚痴中也自有一份可爱，一份人间的必要的温度。

还有一个人也不署名，也没称谓，只扎手扎脚地写了“吾走矣”三个大字，版黑字白，气势好像要突破挂板飞去的样子。也不知道究竟是写给某一个人看的，还是写给过往来客的一句诗偈，总之，令人看得心头一震。

《红楼梦》里麻鞋鹑衣的疯道人可以一路唱着《好了歌》告诉世人万般“好”都是因为“了断”尘缘，但为什么要了断呢？每次我望着大小驿站中的留言牌，总觉万般的好，都是因为不了不断，不能割舍而来的。

天地也无非是风雨中的一座驿亭，人生也无非是种种羁心绊意的事和情，能题诗在壁总是好的！

种种可爱

作为一个小市民有种种令人生气的事——但幸亏还有种种可爱，让人忍不住地高兴。

中华路有一家卖蜜豆冰的——蜜豆冰原来不是台中的东西（木瓜牛奶也是），但不知什么时候台北也都有了——门前有一副对联，对联的字写得普普通通，内容更谈不上工整，却是情婉意贴，令人动容。

上句是：我们是来自淳朴的小乡村。

下句是：要做大台北无名的耕耘者。

店名就叫“无名蜜豆冰”。

台北的可爱有着在各行各业间平起平坐的大气象。

永康街有一家卖面的，门面比摊子大，比店小，常在门口换广告词，冬天是“100 °C 的牛肉面”。

春天换上“每天一碗牛肉面，力拔山兮气盖世”。

这比“日进斗金”好多了，我每看一次简直就对白话文学多生出一份信心。

有一天在剧场里遇见孟瑶，请她去喝豆浆，同车去的还有俞大纲老师和陈之藩夫人，他们都是戏剧家，很高兴地在一起纵论地方剧。忽然，那驾驶员说："川剧和湖北戏也都是有帮腔的呀！"

我肃然起敬，不是为他所讲的话，而是为他说话的架势，那种与一代学者比肩谈话也不失其自信的本色。

台北的人都知道自己有讲话的份，插嘴的份。

好几年前，我想找一个洗衣兼打扫的半工，介绍人找了一位洗衣妇来。

"反正你洗完了我家也是去洗别人家的，何不洗完了就替我打扫一下，我会多算钱的。"

她小声地咕哝了一阵，介绍人郑重宣布："她说她不扫地——因为她的兴趣只在洗衣服。"

我起先几乎大笑，但接着不由一凛：原来洗衣服也可以是一个人认真的"兴趣"。

原来即使是在"洗衣"和"扫地"之间，人也要有其一本正经的抉择，有抉择才有自主的尊严。

带一位香港的朋友坐出租车去找一个地方，那条路特别不好找，出租车司机开过了头，然后又折回来。

下车的时候，司机坚持要留下多绕了路冤枉的钱。并说，

"是我看错道才走错的，怎么能收你们的钱？"

后来死推活拉，总算用折中的办法，把争执的差额付了。香港的朋友简直看得愣住了，我觉得大有面子。

祝福那位司机！

我家附近有一个卖水果的，本来卖许多种水果，后来改了，只卖木瓜，

见我走过，总要说一句：“老师，我现在卖木瓜了——木瓜专科。”

又过了一阵，他改口说：“老师，现在更进步了，是木瓜大学了。”

我喜欢他那骄矜自喜的神色，喜欢他四个肤色润泽的活蹦乱跳的孩子——大概都是木瓜大学教育有功吧？

隔巷有位老太太，祭祀很虔诚，逢年过节总要上供。有一天，我经过她设在门口的供桌，大吃一惊，原来她上供的主菜竟是洋芋沙拉，另外居然还有罐头。

后来想倒也发觉她的可爱，活人既然可以吃沙拉和罐头，让祖宗或神仙换换口味有何不可？

她的没有章法的供菜倒是有其文化交流的意义了。

从前，在中华路平交道口，总是有个北方人在那里卖大饼，我从来没有见过那种大饼整个一块到底有多大，但从边缘的弧度看来直径总超过两尺。

我并不老买那种饼，但每过几个月我总不放心地要去看一眼，我怕吃那种饼的人愈来愈少，卖饼的人会改行，我这人就是“不放心”（和平东路拓宽时，我很着急，生怕师大当局一时兴起，把门口那开满串串黄花的铁刀木砍掉，后来一探还在，高兴得要命）。

那种硬硬厚厚的大饼对我而言差不多是有生命的，北方黄土高原上的生命，我不忍看它在中华路上慢慢绝种。

后来不知怎么搞的，忽然满街都在卖那种大饼，我安心了，真可爱，真好，有一种东西暂时不会绝种了！

华西街是一条好玩的街，儿子对毒蛇产生强烈兴趣的那一阵子我们常去，我们站在毒蛇店门口，一家一家地去看那些百步蛇、眼镜蛇、雨伞蛇……

“那条蛇毒不毒？”我指着一条又粗又大的问店员。

“不被咬到就不毒！”

没料到是这样一句回话，我为之暗自惊叹不已。其实，世事皆可作如是观，有浪，但船没沉，不妨视作无浪？有陷阱，但人未失足，不妨视作坦途？

我常常想起那家蛇店。

有一天在一家公司的墙上看到这样一张小纸条：

“请随手关灯，节约能源，支援十大建设。”

看了以后，一下子觉得十大建设好近好近，好像就是家里的事，让人觉得就像自家厨房里添抽风机或浴室里要添热水炉，或饭厅里要添冰箱的那份热闹亲切的喜气——有喜气就可以省着过日子，省得扎实、有希望。

为了整修“我们咖啡屋”，我到八斗子渔港去买渔网，渔网是棉纱的，用山上采来的一种植物染成赭红色，现在一般都用尼龙的了，那种我想要的老式的棉纱渔网已成古董。

终于找到一家有老渔网的，他们也是因为舍不得，所以许多年来一直没丢，谈了半天他们决定了价钱：“二角三！”

二角三就是两千三百元的意思，我只听见城里市面上的生意人把一万说成一块，没想到在偏僻的八斗子也是这样说的，大家说到钱的时候，全都不当回事，总之是大家都有钱了，把一万元说成一块钱的时候，颇有那种偷偷的志得意满而又谦逊不露的劲头。

有一阵子，我的公交月票丢掉了，还没有补办好，我只好每次买票——但因为平时没养成那种习惯，每看见车来，很自然地就跳上去了，等发现自己没有月票，已经人在车上了。

这种时候，车掌（乘务员）多半要我就便在车上跟其他乘客一样买票——我买了，但等我付钱时那些买主竟然都说："算了，不要钱了。"一次犹可，连着几次都是这样，使我着急起来，那么多好人，令人"无所逃于天地之间"，长此以往，我岂不成了"免费乘车良策"的发明人了？老是遇见这种事，也真是让人非常吃不消。

我的月票始终没去补办，不过却幸运地被捡到的人辗转寄回来了，我可以高高兴兴地不再受惠于人了——不过偶然想起随便在车上都能遇见那么多肯"施惠于人"的好人，可见好人倒也不少，台北究竟还是个适合人住的地方。

在一家最大规模的公立医院里，看到一个牌子，忍不住笑了起来，那牌子上这样写着："禁止停车，违者放气。"

我说不出的喜欢它！

老派的公家机关，总不免摆一下衙门脸，尽量在口气上过官瘾，碰到这种情形，不免要说"违者送警"或"违者法办"。

美国人比较干脆，只简简单单地写了两个大字"No Parking"——"勿停"。

但口气一简单就不免显得太硬。

还是“违者放气”好，不凶霸不懦弱，一点不像官方口吻，而且憨直可爱，简直有点孩子气的作风——想来这办法绝对有效。

有个朋友姓李，不晓得走路的习惯是偏于内八字或外八字——总之，他的鞋跟老是磨得内外侧不一样厚。

他偶然找到一个鞋匠，请他换鞋跟，很奇怪，那鞋匠注视了一下，居然说：“不用换了，只要把左右互调一下就是了，反正你的两块鞋跟都还有一半是好用的！”

朋友根本未想到，好心劝他，你这样处处替顾客打算，哪里有钱赚。他却理直气壮：“该赚的才赚，不该赚的就不赚——这块鞋跟明明还能用。”

朋友刮目相看，有点不理解地问他：“你在军队当了那么多年的兵，退了役还得补鞋，政府真对不起你。”

“什么？人人要这样想还得了，其实只要我们自己能自食其力，还是挣钱自己养活自己，心里踏实。”

朋友感动不已，嗫嗫嚅嚅地表示要送他一套旧西装（他真的怕会侮辱他），他倒也坦然接受了。

不知为什么，朋友说这故事给我听的时候，我也不觉得陌生，而且真切得有如今天早晨我才看过那老鞋匠似的。

有一次在急诊室看医生救病人，病人已经昏迷了，氧气罩也没用了，医生狠劲地用一个类似皮球的东西往里面压缩氧气。

至少是呼吸系统有毛病。

两个医生轮流压，像打仗似的。

渐渐地，他清醒了，但仍说不出话来，医生只好不断发问来让他点头摇头，大概问十几个问题才碰得上一个点头的答案。

他是在路上发病的，身边一个亲人也没有，送他来的是一个与他不相识的人。

后来发现他可以写字——虽然他眼睛一直是闭着的。

医生问他的病历，问他是不是服过某些成药，问他现在的感觉。忽然，那医生惊喜地叫了一声："写下去，写下去，再写！你写得真好——哎，你的字好漂亮呀！"

整个急救的过程，我都一面看一面佩服，但是当医生用欢呼的声音去赞美那病人不成笔画的字的时候，我却为之感动得哽咽起来。

病人果真一直写下去。

也许那病人想起了什么，虽然闭着眼睛，躺在床上仰面而写，手是从生死边缘被救回来的战抖不已的手——但还是有人在赞美他！他学的也许是颜体，也许是柳体，也许什么都不是，只是一个活着的人写的字，可贵的是此刻他的字是"被赞美的字"。

那医生救人的技能来自课本和医疗实践，但他赞美病人的字迹却来自智慧和爱心，后者足以使整个急救室像殿堂一样地神圣肃穆起来。

在澄清湖的小山上爬着，爬到顶，有点疑惑不知该走哪一条路回去，问道于路旁的一个老兵。

那人简直不会说话得出奇，他说："看到路——就走，看到路——就走，再看到路——再走，就到了。"

我心里摇头不已，怎么碰到这么呆的指路人！

赌气回头自己走，倒发现那人说的也没错，的确是“看到路——就走”，渐渐地，也能咀嚼出一点那人言语中的诗意来。天下事无非如此，“看到路——就走”，哪有什么一定的金科玉律，一部二十五史岂不是有路就走——没有路就开路，原来万物的事理是可以如此简单明了——简单明了得有如呆人的一句呆话。

西方的谚语说，把幸运的人丢到河里，他都能口衔宝物而归。我大概也是幸运的人，生活在这座城市里，虽也有种种倒霉事，但奇怪的是，我记得住的而且在心中把玩不已的全是这些可爱的片段！这些从生活渊泽里捞起来的种种不尽的可爱。

一山昙华

“你们来晚了！”

我老是听到这句话。

旅行于世界各地，总是有热心的朋友跑来告诉我这句话。

于是，我知道，如果我去年就来，我可以赶上一场六十年来仅见的瑞雪。或者一个月前来，丁香花开如一片香海。或者十天以前来，有一场热闹的庙会。一星期以前来，正逢热气球大赛。三天以前是啤酒节……

开头的时候，听到这样的话，忍不住顿足叹息。久了，也就认了。知道有些好事情，是上天赏给当地居民的。旅客如果碰上了，是万幸；碰不上，是理所当然。凭什么你把“华枝春满”“天心月圆”的好景都碰上了？

因此，我到夏威夷，听朋友说：“满山昙花都开了——好像是上个礼拜某个夜里。”心里也只觉坦然，只是催促他带我们仍去看看，毕竟花谢了山还在。

到了山边，不禁目瞪口呆，果真每株花都垂着一朵大大的枯萎的花苞。遥想上个礼拜花千朵万朵深夜竞芳时，不知是如何热闹熙攘的局面。而此刻，我仿佛面对三千位后宫美女——三千位垂垂老去的美女，努力揣想她们当年如何风华正茂……

如果不是事先听友人说明，此刻我也未必能发现那些残花。花朵开时，如敲锣打鼓，轰轰烈烈，声震数里，你想不发现也难。但花朵一旦萎谢，则枝柯间忽然幽阒如墓地，你只能从模糊的字迹里去辨认昔日的王侯将相、才子佳人。

此时此刻，说不憾恨是假的，我与这一山昙花，还未见面，就已诀别。

但对这种憾恨我却早已经“习惯”了，人本来就不是有权利看到每一道彩虹的。王羲之的兰亭雅集我没赶上，李白宴于春夜桃李园我也没赶上。就算我能逆时光隧道赶回一千多年前去参加，他们也必然因为我的女性身份而将我峻拒门外。是啊，不是所有的好事都是我可以碰上的，哥伦布去新大陆没带我同行，莎士比亚《李尔王》的首演日我没接到招待券，而地球的启动典礼上帝也没让我剪彩……反正，是好事，而被我错过的，可多着呢！这一山白灿灿的昙花又算什么！

我呆呆站在山前，久久不忍离去。这一山残花虽成往事，面对它却可以容我驰无穷之想象。想一周前的某个深夜，满山花开如素烛千盏，整座山燃烧如月下的烛台，那夜可有人是知花之人？可有心是惜香之心？

凡眼睛无福看见的，只好用想象去追踪揣摩；凡鼻子不及嗅闻的，只好用想象去填充臆测；凡手指无缘接触的，也只得用想象去弥补假设——想象使我们无远弗届。

我曾淡忘无数亲眼看见的美景，反而牢牢记住了夏威夷岛上不曾见识的一山昙花。这世间，究竟什么才叫拥有呢？

背 袋

我有一个背袋，用四方形碎牛皮拼成的，我几乎天天背着，一背竟背了五年多了。

每次背袋破了皮，我到鞋匠那里请他补，他起先还肯，渐渐地，就好心地劝我不要太省了。

我拿它去干洗，老板娘含蓄地对我一笑，说："你大概很喜欢这个包吧？"

我说："是啊！"

她说："怪不得用得这么旧了！"

我背着那包，在街上走着，忽然看见一家别致的家具店，我一走进门，那闲坐无聊的小姐忽然迎上来，说："咦，你是学画的吧？"

我坚决地摇摇头。

不管怎么样，我舍不得丢掉它。

它是我所有使用过的背包里唯一可以装得下一本《辞源》，外加一个饭盒的。它是那么大，那么轻，那么强韧可信。

在东方，囊袋常是神秘的，背袋里永远自有乾坤。我每次临出门把那装得鼓胀的旧背袋往肩上一搭，心中一时竟会百感交集起来。

多少钱，塞进又流出；多少书，放进又取出；那里面曾搁入我多少次的午餐面包，又有多少信，多少报纸，多少学生的作业，多少名片，多少婚丧喜庆的消息在其中驻足继而又消失。

一只背袋简直是一段小型的人生。

曾经，当孩子的乳牙掉了，你匆匆将它放进去。曾经，山径上迎面栽跌下一枚松果，你拾了往袋中一塞。有的时候是一叶青槭，有的时候是一捧贝壳，有的时候是身份证、护照、公交车票，有的时候是给那人买的袜子、熏鸡、鸭肫或者阿司匹林。

我爱那背袋，或者是因为我爱那些曾经真真实实发生过的生活。

背上袋子，两手都是空的，空了的双手让你觉得自在，觉得有无数可以掌握的好东西，你可以像国画上的隐士去策杖而游，你可以像英雄擎旗而战，而背袋不轻不重地在肩头，一种甜蜜的牵绊。

夜深时，我把整理好的背袋放在床前，爱怜地抚摸那破旧的碎片，像一个江湖艺人在把玩陈旧的行头，等待明晨的冲州撞府。

明晨，我仍将背上我的背袋去逐明日的风沙。

买橘子的两种方法

巷口有人在卖桶柑，我看了十分欢喜，一口气买了三斤，提回家来。如果不是因为书重，我还想买很多。那时，我刚结婚不久。

桶柑个头小，貌不惊人，但仔细看，其皮质光灿，吃起来则芳醇香甘，是柑橘类里我最喜欢的一种。何况今天我碰上的这批货似乎刚采撷不久，叶子碧绿坚挺，皮色的“金”和叶色的“碧”互相映衬，也算是一种“金碧辉煌”。我提着这一袋“金碧辉煌”回家，心中喜不自胜。

回到家，才愕然发现，公公也买了一袋同样的桶柑。他似乎没有发现我手上的水果，只高高兴兴地对我说：“我今天看到有人在卖这种蜜柑，还不错，我就买了——你知道吗？买这种橘子，要注意，要拣没有梗没有叶的这种来买。你想，梗是多么重啊！如果每个橘子都带梗带叶，买个二三斤，就等于少买了一个橘子了，那才划不来。”

我愣了一下，笑笑，没说什么。原因是，我买的每一个橘子都带梗带叶。而且，我又专爱挑叶子极多的那种来买。对我而言，买这橘子一半是为了嘴巴，一半是为眼睛。我爱那些绿叶，我觉得卖柑者把一部分的橘子园也借着那些叶片搬下山来了。买桶柑而附带买叶子，使我这个“台北市人”能稍稍碰触一下那种令人想得发狂的田园梦。

而公公那一代却是从贫穷边缘挣扎出来的，对他来说，如果避开枝叶就可以为家人争取到多一枚的橘子，实在是开心至极的事。他把这“买橘秘籍”传授给我，其实是好意地示我以持家之道。公公平日待人其实很宽厚，他在小处抠省，也无非是守着传统的节俭美德。

我知道公公是对的，但我知道我也没有错。

公公只要买橘子，我要的却更多。我如果把我买的那种橘子盛在家中一只精美的竹箩筐里，并放在廊下，就可以变成室内设计的一部分。而这种美的喜悦令人进进出出之际恍然误以为自己在柑橘园采摘。对我而言那几片小叶子比花还美，而花极贵，岂容论斤称买？我把我买的叶子当插花看待，便自觉是极占便宜的一种交易。

而这个世界上，我们总是不断碰到“我对他也对”的局面。那一天，我悄悄把自己买的带叶桶柑拎进自己的卧房。对长辈，辩论对错是没有什么意义的。

许多年过去了，公公依然用他的方法买无叶橘子。而我，也用我的方法买有叶橘子。他的橘子，我嫌它光秃秃的不好看，但我知道那无损于公公忠恳简朴的善良本性。他的买橘方法和我的一样值得尊崇敬重。

女人，和她的指甲刀

“要不要买一把小指甲刀？”张小泉剪刀很出名的，站在灵隐寺外，我踌躇，过去看看吧！好几百年的老店呢！

果真不好，其实我早就料到，旅行在外，你要把自己武装好，以免因失望太多而生病。

回到旅馆，我赶紧找出自己随身带的那把指甲刀来剪指甲，虽然指甲并不长，但我急着重温一下这把好指甲刀的感觉。

这指甲刀买了有十几年了，日本制，在香港买的，约值两百元台币，当时倒是狠下心才买的。用这么贵的价钱买一把小小的指甲刀，对我而言，是介乎奢华和犯罪之间的行为。

刀有个小纸盒，银色，盒里垫着蓝色的假丝绒，刀是纯钢，造型利落美观。我爱死了它。

十几年来，每个礼拜，或至多十天，我总会跟它见一次面，接受它的修剪。这种关系，也该算作亲密了，想想看，十几年哪——有好些婚姻都熬不了这么久呢！

我当时为什么下定决心要买这把指甲刀呢？事情是这样的，平常家里大概总买十元一把的指甲刀，奇怪的是，几乎随买随掉。等孩子长到自己会剪指甲的年龄，情况更见严重，几乎每周掉一把，问丈夫，他说话简直玄得像哲学，他说：“没有掉，只是一时找不着了。”

我有时有点绝望，仿佛家里出现了“神秘百慕大”，什么东西都可以自动销匿化烟。

幼小的时候看人家登离婚广告，总是写“我俩意见不合”，便以为夫妻吵架一定是由于“意见不合”。没想到事情轮到自己头上，全然不是那么回事，我们每次吵架，原因都是“我俩意见相同”，关于掉指甲刀的事也不例外。

“我看一定是你用完就忘了，放在你自己的口袋里了。”

每次我这样说他的时候，他一定做出一副和我意见全然一致的表情：

“我看一定是你用完就忘了，放在你自己的口袋里了。”

掉指甲刀的事，终于还是不了了之。

我终于决定让自己拥有一件“完完全全属于我自己的东西”。

婚姻生活又可爱又可怕，它让你和别人“共享”，“共享”的结果是：房子是两人的，电话是两人的，筷子是大家的，连感冒，也是有难同当。

唉！

我决定自救，我要去买一把指甲刀给自己，这指甲刀只属于我，谁都不许用！以后你们要掉指甲刀是你们的事！

我要保持我的指甲刀不掉。

这几句话很简单，但不知为什么我每次企图说服自己的时候，都有小小的罪疚感。还好，终于有一天，我把自己说服了，把指甲刀买了，并且鼓足勇气向其他三口家人说明。

我珍爱我的指甲刀，它是我在婚姻生活里唯一一项“私人财产”。

深夜，灯下，我剪自己的指甲，用自己的指甲刀，我觉得幸福。剪指甲的声音柔和清脆，此刻我是我，既不是妻，也不是母，既不贤，也不良，我只是我。远方，仍有一个天涯等我去行遍。

辑六

我知道你是谁

如果五月的花香有其源自，如果十二月的星光有其出发的处所，我知道，你便是从那里来的。

我知道你是谁

一

在这八月的烈阳下，在这语音聱牙的海口腔地区，我开着车一路往前走，路上偶然停车，有人过来点头鞠躬，我站在你身旁，狐假虎威似的，也受了不少礼。

——这时候，我知道你是谁，你的名字叫作“医生”。

到了这种乡下地方，我真是如鱼得水，原因说来也简单可笑，只因我爱收藏瓮，而这里有取之不尽的破瓦烂罐。老一辈用的咸菜瓮，如今弃置在墙角路旁，细细的口，巨大的腹——像肚子里含蕴了千古神话的老奶奶，随时可以为你把英雄美人、成王败寇的故事娓娓说上一箩筐。

而这样的瓮偶然从蔓草丛里冒出头来，有时蹲在一只老花猫的爪下，有时又被牵牛花的紫毯盖住，沉沉睡去。

“老师，你看上了什么瓮，就告诉我，这里的人我都认识，瓮这种东西，反正他们也不太用了，只要我开口，他们大概总是肯卖肯送的。”

然而这也不是什么“伯乐过处，万马空群”的事业，所谓爱瓮，也不过乞得一两只回家把玩把玩，隐隐然觉得自己拥有一些像“宇宙黑洞”般的神秘空间罢了。

拣了两个瓮，你忽然说：“我得去一位老阿婆家，我估计她这两天差不多了，我得去给她签死亡证明。”

我们走进三合院，是黄昏了，夕阳美艳，小孩子满院乱跑，红面番鸭走前巡后，一盆纸钱熊熊烧着，老阿婆是过世了。

全家人在等你，等你去签名，等你去宣告，宣告一个生命庄严地落幕。我在旁边，看安静的中堂里，那些谦卑认命的眼睛。（真的，跟死亡，你有什么可争的呢？）也许是缘分吧？我怎会千里迢迢跑到这四湖乡来参与一个老妇人的终极仪式呢？斜阳依依，照着庭院中新开的“煮饭花”（可叹那煮饭一世的妇人，从此再也不能起身去煮饭了），我和这些陌生人一起俯首为生命本身的“成”“坏”过程而悲伤。

——那时候，我知道你是谁，你这曾经与我一同分享过大一国文课程的孩子，如今你的名字叫“医生”。

二

借住在蔡家，那家人，我极喜欢，虽然有点受不了海口腔的闽南语。

喜欢那只牛，喜欢那夜晚多得不可胜数的星星，喜欢一家人脸上淡淡木木的表情。

你说，这一带的农人，他们使用农药，农药令整个台湾受害，但他们自己也是受害人。在撒药的时候，他们自己也慢性中毒，许多人得了肝病。蔡老先生的肝病其实也不轻了。送我回蔡家，顺便也给蔡老先生看看病。

“自从用药以后，”你暗暗对我说，“出血止住，大便就比较漂亮了。”

对于一生追求文学之美的我来说，你的话令我张口错愕，不知如何回答，在这个世界上像“漂亮”这样的形容词和“大便”这样的主词是无论如何也接不上头的啊！

然而我知道，你说这话是诚心诚意的，其间或许有某种美学。

我对这种美学肃然起敬。

只因我知道持这种美学的人是谁，那是你——医生。

三

人山人海，医院门口老是这样，我和季坐在诊疗室一隅，等你看完最后一位病人。

走进诊疗室的是一个小男孩和他的母亲，母亲很紧张，认为小孩可能有疝气。小孩大概才六七岁吧。

你故意和小孩东聊西扯，想缓和一下气氛，而那母亲，那乡下地方的女人，对聊天倒很能进入状态，可以立刻把什么人的什么事娓娓道来。小孩的恐惧也渐渐有点化解的样子。

由于孩子长得矮，你叫他站在诊疗床上。

“脱下裤子来让我看看！”大概你认为时机成熟了。

没想到小男孩比电检处更讲究“三点不露”的原则，他一手护住裤腰，一手用力推了你一把，嘴里大叫一声：“你三八啦！”

我和季忍俊不禁，大笑起来。

我想起小时候看的一幅漫画，一个小男孩用他暗藏的水枪射了医生一脸凉水，然后，还理直气壮地向尴尬的母亲解释道：“是他，他先用槌子敲我膝盖，我才射他的！”

原来小病人有那么难缠。我想，这种事情也只是很小很小的案例罢了，麻烦的事，一定还多着呢！

但我相信你能对付的，因为，我知道你是谁，你的名字叫“医生”。

四

“有时候，我充满无力感。”

下午的诊所里，你的侧影有些忧伤。

“我忽然发现医疗能做的很少，环境才是最重要的，如果水不好了，食物不对了，医疗又能补救什么呢？”

你碰到我此生最痛最痛的问题了，我不敢和你谈下去。全世界的环境都坏了，台湾的也坏了。幼小时节那些清澈见底的小河，河里随便一捞就是一把的小鱼小虾哪里去了？那些树、那些鸟、那些蝉、那些萤火虫，都一一到哪里去了？

我知道你的忧伤，你的痛。正如在百年前习医的孙中山和鲁迅心中，也各有其痛。我认识你，你的忧世的面容，你，一个“医生”。

五

“病人一直拉肚子，一直拉，但是找不出原因来，”你说，“经过会诊还是找不出原因来，最后，就送到精神科来。”

那是一场小型的有关精神病学的演讲，但不知为什么，听着听着，令人眼睛涨满泪意。

“我慢慢和他谈话，发现他是个只身在台的老兵，想回老家，可是那时候还没有解严，不准回去。他原来是该痛哭流涕的，可是这又是个不让男人可以哭的社会，他的身体于是就选择了腹泻来抗议……”

这是精神医学吗？我竟觉得自己在听一首诗的精心的笺注，一首属于这世纪的悲伤史诗的笺注。

那个病人，就如此一直流耗着，一直消减着。我想起这事，就要落泪，为病人，也为那窥及灵魂幽秘处的精神医学……

是的，我知道你是谁，你这因了解太多而悸动不已的人，你，医生。

六

因为要参加一个校际朗诵比赛，你们便选了诗歌，进行练习。我是指导老师，在台下一遍遍地听，一遍遍地修正。

其中有一句独诵是你的，但每次你用极低沉哀缓的声音念：“当——我——年——老”，同学就吃吃地笑出声来。并不是你念得不好，而是一颗年轻的心，实在不知道什么叫“年老”。把“年老”两字交给十八岁的人去练一练，对他们已足以构成一个荒谬古怪的笑话，除了好笑还是好笑，此外再无其他。

但是，事情渐渐居然变得不再好笑了。那句话像什么奇怪的咒语，渐渐逼到眼前来了。老韩院长匆匆去了，一位姓周的职员也去了——我一直记得他絮絮叨叨地跟我说，你知道吗？你知道吗？开始有阳明的时候，那些办公桌是怎么运来的，全是我用我这个背一张张背上来的呀。——然而，他们走了。

曾有一个同学，极善于模仿老韩院长的声音，凡遇到什么有趣场合，总要抓他表演一番。他则老喜欢学那一段老韩院长最爱自卖自夸，赞赏阳明人的话：

“we are second to none.”

当年他学的时候，大家都开心、都笑，都有大人物遭丑化的无伤大雅的喜悦。而现在，我多想再听一遍那模仿的声音，也许听了以后会哭，但毕竟是久违的故人的声音，就算是模仿的。

“当——我——年——老——”

原来那样的诗不仅是供作朗诵比赛用的句子，它真的蹦到我们的生活里来了。不，不仅是“当我年老”，还可以是“当我死去——”。

我看着你，你正值盛年，但那咒语是谁都逃不过的。于是我看见那乌黑的青发渐渐凋萎稀少，眼角的鱼尾纹也趑趄游来……

“当我年老——”

当我年老，我知道你们的精神生命里曾有一滴半滴属于我的血，我为此，合十感谢。

当我年老，我知道属于你的一生已经全额付出。

两千年前的英雄恺撒可以这样扬声呼喊：

我来了，

我看见了，

我征服了。

你我却可以轻轻地说：

我来了，

我看见了，

我给予了。

而你在漫长一生的给予之后，我会躲在某个遥远的云端鼓掌、喝彩，说：“啊，我知道你是谁，你是医生。”

后记：1. 这里所写的人都是跟阳明有关的医生，但不是指一个人。

2.“老韩院长”并不老，他去世时才五十多岁，称老韩院长是因为后来来了位“新韩院长”。

瓮偶然从蔓草丛里冒出头来，有时蹲在一只老花猫的爪下，有时又被牵牛花的紫毯盖住，沉沉睡去。

我渴望生命里的种种遇合，某本书里有一句话，等我去读、去拍案。田间的野花，等我去了解、去惊识。

喝茶，算是生活美学里的一部分。

我对生命中的涓滴每有一分赏悦，上天总立即赐下万道流泉。我每为一个音符凝神，它总倾下整匹的音乐如素锦。

文学对我而言，一直是那个挽回的“手势”。

如果把我买的那种橘子盛在家中一只精美的竹箩筐里，并放在廊下，就可以变成室内设计的一部分。

一双小鞋

说起来，我的收藏品多半是路边捡来的，少半是以极便宜的价钱买来的。只有偶然一两件是比较贵的东西，其中一件是双旧鞋子。挂在墙上，非常不起眼，却花了我大约五千元台币。

我之所以买那双鞋是因为那是双旧式的小脚女人的鞋子。小鞋子我倒也看过许多，博物馆里有那小鞋绣得五彩斑斓，耀目生辉，大小差不多只够塞一个男人的大拇指，真是不可思议。其实那种鞋不是人穿的，是女信徒做来供奉给神明穿的——当然是供给女性神明。至于中国女人为什么认为女神也是裹小脚的，倒也费人思索，可以写出一本大书来。

而我买的这双小脚女人穿的鞋长度十六七厘米，而且穿得有些旧了。我把它挂在一块木板上，木板上还有另外收藏的六双鞋，多半是些小孩的虎头鞋凤头鞋，色泽活泼鲜丽。只有这双鞋，灰扑扑的，仿佛平剧里的苦旦穿着它走了千里万里了。每一根经线都是忍耐，每一根纬线都是苦熬。

我买这样一双鞋，挂在那里，是提醒我自己，女人，曾经是个受苦的族类。我今天能大踏着一双天足跑来跑去是某些先贤力争的结果——这一切其实来得不易。

对先辈的女人我也充满敬意，她们终身拖着一双扭曲骨折的脚。但碰到逃荒的岁月，却也一样跑遍大江南北，她们甚至也下田、担水，能做许许多多粗活。她们是怎么熬过来的？她们令我惊奇，令历史惊奇。

望着那双不知哪一位女人穿过的小鞋，我的思绪不觉被迁往幽渺的年代。那女人可能只是普通人家的妇女——如果是有钱人家，脚就会裹得更小，因为不太需要劳动——鞋子是黑布做的，不是华美典雅的那种，而且那黑色已穿得泛了灰，看起来是走了不少路了。鞋上的绣花也适可而止，不那么花团锦簇。总之，那鞋怎么看都是贫苦妇女的鞋子，而贫苦妇女其实也就是受难妇女的同义词吧？我之所以买下这双灰头土脸的鞋子，其实也是对逝去年月中的受苦者的一点思忆之情吧。

讽刺的是，今天这个时代，虽没有人会为小女孩裹脚了，可是女子的生命果真已是自由的不受摧折的生命吗？

当魔靥似的紧箍咒从脚趾移开的时候，它会不会变了相又钻到头脑和心灵里去了？不“裹脚”的女子能保证自己是不“裹脑”、不“裹心”的女子吗？

我常常呆望着那双小鞋而沉思起来。

遇

遇者，不期而会也。——《论语义疏》

一

生命是一场大的遇合。

一个民歌手，在洲渚的丰草间遇见关关和鸣的雎鸠，——于是有了诗。

黄帝遇见磁石，蒙恬初识羊毛，立刻有了对物的惊叹和对物的深情。

牛郎遇见织女，留下的是一场恻恻然的爱情，以及年年夏夜，在星空里再版又再版的永不褪色的神话。

夫子遇见泰山，李白遇见黄河，陈子昂遇见幽州台，米开朗琪罗在混沌未凿的大理石中预先遇见了少年大卫，生命的情境从此就不一样了。

我渴望生命里的种种遇合，某本书里有一句话，等我去读、去拍案。田间的野花，等我去了解、去惊识。山风与发，冷泉与舌，流云与眼，松涛与耳，他们等着，在神秘的时间的两端等着，等着相遇的一刹那——一旦相遇，就不一样了，永远不一样了。

我因而渴望遇合，不管是怎样的情节，我一直在等待着种种发生。

人生的栈道上，我是个赶路人，却总是忍不住贪看山色。生命里既有这么多值得驻足的事，相形之下，会不会误了宿头，也就不是那样重要的事了。

二

匆匆告别主人，我们搭夜间飞机前往弗吉尼亚，残雪未消，我手中独自抱着主人坚持要我带上飞机的一袋苹果和一袋蛋糕。

那是二十世纪八十年代的一年，华盛顿下大雪，据说五十年来最大的一次。我们赶去上一个电视节目，人累得像摊泥，却分明知道心里有组钢架，横横直直地把自己硬撑起来。

我快步走着，忽然，听到有人在背后喊了一声音调奇怪的中国话。

“你好吗？”

我跟丈夫匆匆回头，只见三个东方面孔的年轻男孩微笑地望着我们。

“你好，你们从哪里来的？”

“我们不会说中文。”脸色特别红润的那一个用英文回答。

“你刚才不是说了吗？”我们也改用英文问他。

“我只会说那一句，别人教我的。”

“你们是 ABC（美籍华裔）？”

“不是。”

“日本人？”

“不是，你再猜。”

夜间的机场人少显得特别空旷宽大，风雪是关在外面了，我望着三张无邪的脸，只觉一阵暖意。

“泰国人？”

“不是。”

“菲律宾人？”

“不是。”

愈猜不到，他们孩子式的脸就愈得意。离飞机起飞时间已经不多，我不明白自己怎么会站在那里傻傻地跟他们玩猜谜游戏。

“你怎么老猜不到，”他们也被我一阵乱猜弄急了，忍不住大声提醒我，“我们是你们最好最好的朋友啊！”

“韩国人！”我跟丈夫同时叫了起来。

“对啦！对啦！”他们三个也同时叫了起来。

时间真的不多了，可是，为什么，我们仍站在那里，彼此用破碎的英文继续说着……

“你们入了美国籍吗？你们要在这里住下去吗？”

“不要，不要。”我们说。

“观光？”

“不观光，我们要去弗吉尼亚上电视，告诉他们中国是个好地方，我们要让他们知道中国人是值得尊敬的。”

“有一天，我们也要去看看。”

“你们叫什么名字？”

他们把歪歪扭扭的中文名字写在装苹果的纸袋上，三个人里面有两个是兄弟，大家都姓李。我也把我的名字告诉他们。播音器一阵催促，我们握了手没命地往出口奔去。

那么陌生，那么行色匆匆，那么词不达意，却又能那么掏心扒肺，剖肝沥胆。

不是一对中国夫妇在和三个韩国男孩说话，而是万千东方苦难的灵魂与灵魂相遇。

使我们相通相接的不是我们说出来的那一番话，而是我们没有说出来的那一番话，是民族史上长期受外敌欺凌、血枯泪尽、说不完的委屈——所有的受苦民族是血脉相连的兄弟，因为他们曾同哺于咸苦酸痛的祖国乳汁。

我已经忘了他们的名字，想必他们也忘了我们的，但我会一直记得那高大空旷的夜间机场里，那一小堆东方人在一个小角落上不期然的相遇。

三

菲律宾机场意外地热，虽然，据说七月并不是他们最热的月份。房顶又低得像要压到人的头上来，海关的手续毫无头绪，已经一个钟头过去了。

小女儿吵着要喝水，我心里焦烦得要命，明明没几个旅客，怎么就是搞不完，我牵着她四处走动，走到一个关卡，我不知道能不能贸然过去，只呆呆地站着。

忽然，有一个皮肤黝黑、身穿镂花白衬衫的男人，提着个 007 的皮包穿过关卡，颈上戴一串茉莉花环。看他样子不像是中国人。

茉莉花是菲律宾的国花，串成儿臂粗的花环白盈盈的一大嘟噜，让人分不出来是由于花太白，白出香味来，还是香太浓，浓得凝结成白色了。

而作为一个中国人，无论如何总霸道地觉得茉莉花是中国的，生长在一切前庭后院，插在母亲鬓边，别在外婆衣襟上，唱在儿歌里的：

“好一朵美丽的茉莉花……”

我搀着小女儿的手，痴望着那花串，一时也忘了溜出来是干什么的。机场不见了，人不见了，天地间只剩那一大串花，清凉的茉莉花。

“好漂亮的花！”

我不自觉地脱口而出，用的是中文，反正四面都是菲律宾人，没有人会听懂我在喃喃些什么。

但是，那戴花环的男人忽然停住脚，回头看我，他显然是听懂了。他走到我面前，放下皮包，取下花环，说："送给你吧！"

我愕然，他说中国话，他竟是中国人，我正惊诧不知所措的时候，花环已经套到我的颈上来了。

我来不及道一声谢，正惊疑间，那人已经走远了，小女儿兴奋地乱叫："妈妈，那个人怎么那么好，他怎么会送你花的呀？"

更兴奋的当然是我，由于被一堆光璨美丽的白花围住，我忽然自觉尊贵起来，自觉华美起来。

我飞快地跑回同伴那里去，手续仍然没办好，我急着要告诉别人，愈急愈说不清楚，大家都半信半疑以为我开玩笑。

"妈妈，那个人怎么那么好，他怎么会送你花的呀？"小女儿仍然誓不甘休地问道。

我不知道，只知道颈间胸前确实有一片高密度的花丛，那人究竟是感动于乍听到的久违的乡音，简单地想"宝剑赠英雄"，把花环送给赏花人，还是在我们母女携手处看到某种曾经熟悉的眼神？我不知道，他已经匆匆走远了，我甚至不记得他的面目，只记得他温和的笑容，以及非常白非常白的白衬衫。

今年夏天，当我在南部小城母亲的花圃里摘弄成把的茉莉花时，我会想起去夏我曾偶遇到一个人，一串花，以及魂梦里那圈不凋的芳香。

四

那种树我不知道是黄槐还是铁刀木。

铁刀木的黄花平常老是簇成一团，密不通风，香气扑鼻，但那种树开的花却疏松有致，成串地垂挂下来，是阳光中薄金的风铃。

那棵树被圈在青苔的石墙里，石墙在青岛西路上。这件事我已经注意很久了。

我真的不能相信在车尘弥天的青岛西路上会有一棵那么古典的树，可是，它又分明在那里，它不合逻辑，但你无奈，因为它是事实。

终于有一年，七月，我决定要犯一点小小的错，我要走进那个不常设防的柴门，我要走到树下去看那枝错柯美得逼人的花。一点没有困难，只几步之间，我已来到树下。

不可置信地，不过几步之隔，市声已不能扰我，脚下的草地有如魔毯，一旦踏上，只觉身子腾空而起，霎时间已来到群山清风间。

这一树黄花在这里进行说法究竟有多少夏天了？冥顽如我，直到此刻直撅撅地站在树下仰天，才觉万道花光如当头棒喝，夹脑而下，直打得满心满腔一片空茫。花的美，可以美到令人恢复无知，恢复无识，美到令人一无依恃，而光裸如赤子。我敬畏地望着那花，哈，好个对手，总算让我遇上了，我服了。

那一树黄花，在那里说法究竟有多少夏天了？

我把脸贴近树干。忽然，我惊得几乎跳起来，我看见蝉壳了；土色的背上一道裂痕，眼睛部分晶凸出来，那种宗教意味的蝉的遗壳。

蝉壳不是什么稀罕的东西，但它是我三十年前孩提时候最爱捡拾的宝物，乍然相逢，几乎觉得是神明意外的恩宠。他轻轻一拨，像拨动一座走得太快的钟，时间于是又回到混沌的子时，三十年的人世沧桑忽焉消失，我再度恢复为一个一无所知的小女孩，沿着清晨的露水，一路去剥下昨夜众蝉新褪的薄壳。

蝉壳很快就盈握了，我把它放在地上，再去更高的枝头剥取。

小小的蝉壳里，怎么会容得下那长夏不歇的鸣声呢？那鸣声是渴望？是欲求？是无奈的独白？

是我看蝉壳，看得风多露重，岁月忽已晚呢？还是蝉壳看我，看得花落人亡，地老天荒呢？

我继续剥更高的蝉壳，准备带给孩子当不花钱的玩具。地上已经积了一堆，我把它背上的裂痕贴近耳朵，一一于未成音处听长鸣。

而不知什么时候，有人红着眼睛从甬道走过。奇怪，这是一个什么地方？青苔厚石墙，黄花串珠的树，树下来来往往悲泣的眼睛？

我探头往高窗望去，香烟缭绕而出，一对素烛在正午看来特别黯淡的室内跃起火头。我忽然警悟，有人死了！然后，似乎忽然间我想起，这里大概就是台大医院的太平间了。

流泪的人进进出出，我呆立在一堆蝉壳旁，一阵当头笼罩的黄花下，忽然觉得分不清这三件事物，死，蝉壳以及正午阳光下亮着人眼眩的半透明的黄花。真的分不清，蝉是花？花是死？死是蝉？我痴立着，不知自己遇见了什么。

我后来仍然日日经过青岛西路，石墙仍在，我每注视那棵树，总是疑真疑幻。我曾有所遇吗？我一无所遇吗？当树开花时，花在吗？当树不开花时，花不在吗？当蝉鸣时，鸣在吗？当鸣声消歇，鸣不在吗？我用手指摸索着那粗粝的石墙，一面问着自己，一面并不要求回答。

然后，我越过它走远了。

然后，我知道那种树的名字了，叫阿勃拉，是从梵文译过来的，英文是 golden shower，怎么翻呢？翻成金雨阵吧！

行道树

每天，每天，我都看见它们，它们是已经生了根的——在一片不适于生根的土地上。

有一天，一个炎热而忧郁的下午，我沿着人行道走着，在穿梭的人群中，听自己寂寞的足音，我又看到它们，忽然，我发现，在树的世界里，也有那样完整的语言。

我安静地站住，试着去理解它们所说的一则故事：

我们是一列树，立在城市的飞尘里。

许多朋友都说我们是不该站在这里的，其实这一点，我们知道得比谁都清楚。我们的家在山上，在不见天日的原始森林里。而我们居然站在这儿，站在这双线道的马路边，这无疑是一种堕落。我们的同伴都在吸露，都在玩凉凉的云。而我们呢？我们唯一的装饰，正如你所见的，是一身抖不落的煤烟。

是的，我们的命运被安排定了，在这个充满车辆与烟囱的工业城里，我们的存在只是一种悲凉的点缀。但你们尽可以节省下你们的同情心，因为，这种命运事实上也是我们自己选择的——否则我们不会在春天勤生绿叶，不必在夏日献出浓荫。神圣的事业总是痛苦的，但是，也唯有这种痛苦能把深度给予我们。

当夜来的时候，整个城市都是繁弦急管，都是灯红酒绿。而我们在寂静里，在黑暗里，我们在不被了解的孤独里。但我们苦熬着把牙龈咬得酸疼，直等到朝霞的旗冉冉升起，我们就站成一列致敬——无论如何，我们这城市总得有一些人迎接太阳！如果别人都不迎接，我们就负责把光明迎来。

这时，或许有一个早起的孩子走了过来，贪婪地呼吸着鲜洁的空气，这就是我们最自豪的时刻了。是的，或许所有的人都早已习惯于污浊了，但我们仍然固执地制造着不被珍视的清新。

落雨的时分也许是我们最快乐的，雨水为我们带来故人的消息，在想象中又将我们带回那无忧的故林。我们就在雨里哭泣着，我们一直深爱着那里的生活——虽然我们放弃了它。

立在城市的飞尘里，我们是一列忧愁而又快乐的树。

故事说完了，四下寂然，一则既没有情节也没有穿插的故事，可是，我听到了它们深深的叹息。我知道，那故事至少感动了它们自己。然后，我又听到另一声更深的叹息——我知道，那是我自己的。

我想走进那则笑话里去

围坐喝茶的深夜，听到这样的笑话：

有个茶痴，极讲究喝茶，干脆去主宰山高水冽的地方，他常常浩叹世人不懂品茶。如此，二十年过去了。

有一天，大雪，他煮水泡茶，茶香满室，门外有个樵夫叩门，说：“先生啊，可不可以给我一杯茶喝？”

茶痴大喜，没想到饮茶半世，此日竟碰上闻香而来的知音，立刻奉上素瓯香茗，来人连尽三杯，大呼，好极好极，几乎到了感激涕零的程度。

茶痴问来人：“你说好极，请说说看，这茶好在哪里？”

樵夫一面喝第四杯，一面手舞足蹈：“太好了，太好了，我刚才快要冻僵了，这茶真好，滚烫滚烫的，一喝下去，人就暖和了。”

因为说的人表演得活灵活现，一桌子的人全笑了，促狭的人立刻现炒现卖，说：“我们也快喝吧，这茶好啊，滚烫哩！”

我也笑，不过旋即悲伤。

人方少年时，总有些耽溺于美。喝茶，算是生活美学里的一部分。凡是有条件可以在喝茶上讲究的人总舍不得不讲究。及至中年，才不免惘然发现，世上还有美以外的东西。

大凡人世中的美，如音乐，如书法，如室内设计，如舞蹈，总要求先天的敏锐加上后天的训练。前者是天分，当然足以傲人，后者是学养，也是可以自豪的。因此，凡具有审美眼光之人，多少都不免骄傲孤慢吧？《红楼梦》里的妙玉已是出家人，独于“美字头上”勘不破，光看她用隔年的雨水招待贾母、刘姥姥喝茶，喝完了，她竟连“官窑脱胎白盖碗”也不要了——因为嫌那些俗人脏。

黛玉平日虽也是个小心自敛的寄居孤女，但一谈到美，立刻扬眉瞬目，眼中无人，不料一碰上妙玉，也只好败下阵来。当时妙玉另备好茶在室内相款，黛玉不该问了一句：“这也是旧年的雨水？”

妙玉冷笑一声：“你这么个人，竟是个大俗人，连水也尝不出来！这是五年前我在玄墓蟠香寺住着收的梅花上的雪，统共得了那一鬼脸青的花瓮一瓮，总舍不得吃，埋在地下，今年夏天才开了，我只吃过这一回，这是第二回。你怎么尝不出来？隔年蠲的雨水，哪有这样清凉？如何吃得？”

风雅绝人的黛玉竟也有遭人看作俗物的时候，可见俗与不俗有时也有点像才与不才，是个比较上的问题。

笑话里的俗人樵夫也许可笑，但焉知那“茶痴”碰到“超级茶痴”的时候，会不会也遭人贬为俗物？美学其实严酷冷峻，间不容发，其无情处真不下于苛官厉鬼。

日本十六世纪有位出身寒微的木下藤吉郎，一度改名羽柴秀吉，后来因为军功成为霸主，赐姓丰臣，便是后世熟知的丰臣秀吉。他位极人臣之余很想立刻风雅起来，于是拜了禅僧千利休上道。一日，丰臣秀吉穿过千利休的茶庵小门，见墙上插花一枝，赶紧跑到师父前面，巴巴地说了一句看似开悟的话：“我懂了！”

千利休笑而不语。唉！我怀疑这千利休根本是故布陷阱。见了花而大叫一声“我懂了”的徒弟，自以为因而可以去领“风雅证书”了，却是全然不解风情的。我猜千利休当时的微笑极阴险也极残酷。不久之后，丰臣秀吉就借故把千利休杀了。我敢说千利休临刑之际也在偷笑，笑自己有先见之明，早就看出丰臣秀吉不能身列风雅之辈。

丰臣秀吉大概太累了，“风雅”两字令他疲于奔命，原来世上还有些东西比打仗更辛苦。不如把千利休杀了，从此一了百了。

相较之下，还是刘姥姥豁达，喝了妙玉的茶，她竟敢大大方方地说：“好虽好，就是淡了些。”

众人要笑，由他去笑，人只要自己承认自己蠢俗，神经不知可以少绷断多少根。

那一夜，在众人的哄笑声中，我真想走到那则笑话里去，我想站在那茶痴前面，他正为樵夫的一句话气得跺脚，我大声劝他说：“别气了，茶有茶香，茶也有茶温，这人只要你的茶温不要你的茶香，这也没什么呀！深山大雪，有人因你的一盏茶而免于僵冻，你也该满足了。是这人来——虽然是俗人——你才有机会可以得到布施的福气，你也大可以望天谢恩了。”

怀不世之绝技，目高于顶，不肯在凡夫俗子身上浪费一丝一毫美，当然也没什么不对。但肯起身为风雪中行来的人奉上一杯热茶，看着对方由僵冷而舒活起来，岂不更为感人？只是，前者的境界是绝美的艺术，后者大约便是近于宗教的悲悯淑世之情了。

只要让我看到一双诚恳无欺的眼睛

春天，西湖，花开满园。

整个客栈是个小砂嘴，伸入湖中。我的窗子虚悬在水波上，小水鸭在远近悠游。

清晨六时，我们走出门来，等一个约好的人。那人是个船夫——其实也不是船夫，应该说他的妻子是个船妇。而他，出于体贴吧，也就常帮着划船。既然长在西湖边上，好像人人天生都该是泛舟高手似的。

昨天，我们包了他的船一整天。中午去“楼外楼”一起吃清炒虾仁和叫花鸡，请他们夫妇同座同席。他听说我们想去苏州，便极力保证他得以替我们去买船票，晚上上船，第二天大清早就到苏州。他说他有关系，绝对好买到票。

不知为什么，我就是不能拒绝他。其实，由于有台胞身份，旅馆是足以代我们买票的。可是他那么热心，不托他买，倒仿佛很见外似的。

说好了，清晨六时他就把票送过来。

西湖之美，明朝人袁中郎就说过了，一定要在凌晨或月夜，游客的多少常是美景的杀人犯。一旦过了清晨九点，西湖只不过是个背景不错的人口市场罢了。我们原打算接了票就趁人少骑自行车去逛苏堤、白堤、六和塔……西湖于我，是个熟得不能再熟的地方——虽然一次也没来过。但那“断桥残雪”、那“南屏晚钟”、那“曲院风荷”，一一都伴我长大，在书本的扉页里……

但今天六点了，那船夫却没来，我们哪里都不能去。

小鸟在青眼未舒的杨柳梢头啁啾——那船夫，还不来。

芍药开了，很香。广玉兰白中带紫，旋满一树——那船夫，怎么还不来？

六点半了。

春日的枫红中带润，同样是红，但跟深秋的叶片却了不同。唉，六点半了。

木本的海棠花饱满妖艳，美得让自己都有点不胜负荷了。七点了，都七点了。

我焦躁起来，和丈夫互相问了咱们万分不想问的问题：“他，会不会拿了我们买船票的钱，就消失了？”

不会吧？我们再等等。钱，其实也不多，合美金大概不到五十元。悲伤的是，我们会不会为此变成可笑的、易于上当的傻瓜？

他是我的同胞，而西湖又这么美，此刻又是乾坤清朗庄重的春日清晨，我不该起疑心。可是，七点十分了，听说船夫的父母亲是基督徒，可是，那又保证什么？绝美的春晨正一寸寸消失，我怎么办？我像个白痴似的站在店门口，等一个可能永远不会出现的人。

七点十五。

他来了！他来了！我叫。丈夫跑出来，我们在门口迎上他。他说，今早因为借不到脚踏车，所以便一直去借，借到现在。

我对他千恩万谢，他可能以为我谢他是因他代为买票的辛苦。他不知道，我真正感谢的是，他终于出现了，他帮助我免于做一个可鄙的怀疑论者。

那天早上，我们未能把向往已久的风景一一看完，但幸运的是，我看到了一张可信赖的脸。人活着，总会碰到人，碰到人，就可能受骗。但只要让我看看一双诚恳无欺的眼睛，我就可以甘心受人千次诳欺。

毕竟，那是一个美丽的春晨。

想要道谢的时刻

研究室里，我正伏案赶一篇稿子，为了抢救桃园山上一栋“仿唐式”木造建筑。自己想想也好笑，怎么到了这个年纪，拖儿带女过日子，每天柴米油盐烦心，却还是一碰到事情就心热如火呢？

正赶着稿，眼角余光却看到玻璃垫上有些小黑点在移动，我想，难道是蚂蚁吗？咦，不止一只哩，我停了笔，凝目去看，奇怪了，又没有了，等我写稿，它又来了。我干脆放下笔，想知道这神出鬼没的蚂蚁究竟是怎么回事。

终于让我等到那黑点了，把它看清楚后我忍不住笑了起来，它们哪里是蚂蚁，简直天差地远，它们是鸟哩——不是鸟的实体，是鸟映在玻璃上的倒影。

于是我站起来，到窗口去看天，天空里有八九只纯黑色的鸟在回旋疾飞，因为飞得极高，所以只剩一个小点，但仍然看得出来有分叉式的尾巴，是乌鸦吗？还是小雨燕？

几天来因为不知道那栋屋子救不救得了，心里不免忧急伤恻，但此刻，却为这美丽的因缘而感谢得想顶礼膜拜，心情也忽然开朗起来。想想世上有几人能幸福如我，五月的研究室，一下子花香入窗，一下子清风穿户，时不时地我还要起身“送客”。所谓“客”，是一些笨头笨脑的蜻蜓，老是一不小心误入人境，在我的元杂剧和明清小品文藏书之间横冲直撞，我总是小心翼翼地把它们送回窗外去。

而今天，撞进来的却是高空上的鸟影，能在映着鸟影的玻璃垫上写文章，是李白、杜甫和苏东坡全然想象不出的佳趣哩！

也许美丽的不是鸟，也许美丽的不是这繁锦般的五月，美丽的是高空鸟影偏偏投入玻璃垫上的缘会。因为鸟常有，五月常有，玻璃垫也常有，唯独五月鸟翼掠过玻璃垫上晴云的事少有，是连创意设计也设计不来的。于是转我能生为此时此地之人，为此事此情而忧心，则这份烦苦也是了不得的机缘。文王周公没有资格为桃园神社担心，为它担心疾呼是我和我的朋友才有的权利，所以，连这烦虑也可算是一场美丽的缘法了。

为今天早晨这不曾努力就获得的奇遇，为这不必要求就拥有的佳趣（虽然只不过是来了又去了的玻璃垫上的黑点），为那可以对自己安心一笑的体悟，我郑重万分地想向大化道一声谢谢。

辑七

人生的什么和什么

我两手空空而来，却带着两握盈盈的爱和希望回去；我在人间曾播下一些不朽，是给了别人而依然存在的。

人生的什么和什么

她的手轻轻地搭在方向盘上，外面下着小雨。收音机正转到一个不知什么台的台上，溢漫出来的是安静讨好的古典小提琴曲。

前面是隧道，车流如水，汇集入洞。

“各位亲爱的听众，人生最重要的事其实只有两件，那就是……”

主持人的声音向来都是华丽明亮的多，何况她正在义无反顾地宣称这项真理。

她其实也愿意听听这项真理，可是，这里全是隧道，全场五百米，要四十秒钟才走得出来，隧道里面声音断了，收音机只会嗡嗡地响。她忽然烦起来，到底是哪两项呢？要猜，也真累人，是“物质与精神”吗？是“身与心”吗？是“爱情与面包”吗？是“生与死”吗？或“爱与被爱”？隧道里不能倒车，否则她真想倒车出去听完那段话再进来。

隧道走完了，声音重新出现，是音乐。她早料到了四十秒太久，按一分钟两百字的广播速度来说，播音员已经说了一百五十个字了，一百五十字，什么人生道理不都给她说完了吗？

她努力去听音乐，心里想，也许刚才那段话是这段音乐的引言，如果知道这段音乐，说不定也可以又猜出前面那段话。

音乐居然是《彼得与狼》——这当然不会是答案。

依她的个性，她知道自己会怎么做，她会再听下去，一直听到主持人播报他们电台和节目的名字，然后，打电话去追问漏听的那一段来，主持人想必也很乐意回答。

可是，有必要吗？四十岁的人了，还要知道人生最重要的事是“什么和什么”吗？她伸手关上了收音机，雨大了，她按下雨刷。

炎 凉

我有一张竹席，每到五六月，天气渐趋暖和，暑气隐隐待作，我就把它找出来，用清茶的茶叶渣拭净了，铺在床上。

一年里面第一次使用竹席的感觉极好，人躺下去，如同躺在春水湖中的一叶小筏子上。清凉一波波来拍你入梦，竹席恍惚仍饱含着未褪尽的竹叶清香。

生命中的好东西往往如此，极便宜又极耐用。我可以因一张席而爱一张床，因一张床而爱一栋房子，因一栋房子爱上一个城市……

整个初夏，肌肤因贴近那清凉的卷云而舒缓自如。触觉之美有如闻高士说法，凉意沦肌浃髓而来。古人形容喻道之透辟，谓一时如天女散花。天女散花是由上而下，轻轻撒落——花瓣触人，没有重量，只有感觉。但人生某些体悟却是由下而上，仿佛有仙云来轻轻相托，令人飘然升浮。凉凉的竹席便有此功。一领清簟可以把人沉淀下来，静定下来，像空气中热腾腾的水雾忽然凝结在碧沁沁的一茎草尖而终于成为露珠。人在席上，也是如此。阿拉伯人牧羊，他们故事里的羊毛毯是可以飞的。中国人种地，对植物比较亲切。中国人用植物编织席子不飞——中国人想，飞了干吗呀？好好地躺在席子上不比飞还舒服吗？中国圣贤叫人拯救人民，其过程也无非是由“出民水火”到“登民衽席”。总之，世界上最好的事莫过于把自己或别人放在席子上了。初夏季节的我便如此心满意足地躺在我的竹席上。

可惜好景不长，到了七八月盛夏，情形就不一样了。刚躺下去还好，多躺一会儿，席子本身竟然也变热了。凉席会变热，天哪，这真是人间惨事。为了环保，我睡觉不用冷气，于是只好静静地和热浪僵持对抗。我反复对自己说："不热，不算太热，我还可以忍受，这也没什么大不了，哼，谁怕谁啊……"念着念着，也就睡着了。

然后，便到了九月，九月初席子又恢复了清凉。躺在席上，整个人摊开，霎时变成了片状，像一块金子被捶成薄薄的金箔，我贪享那秋霜零落的错觉。

九月中，每每在一场冷雨之后，半夜乍然惊醒，是被背上的沁凉叫醒的——唉，这凉席明天该收了。我在黑暗中揣想，竹席如果有知，也会厌苦不已吧？七月嫌它热，九月又嫌它凉，人类也真难伺候。

想来一生或者也如此，曾经嫌日程排得太紧，曾经怨事情做个没完，曾经烦稿约演讲约不断，曾经大叹小孩子缠磨人……可是，也许，有一天，一切热过的都将乍然冷却下来，令人不觉打起寒战。

不过，也只好这样吧！让席子在该铺开的时候铺开，在该收卷的时候收卷。炎凉，本来就半点由不得人的。

待　理

我梦见我在整理东西，并且在屋子里摸摸索索地走来走去。整理东西倒不奇怪，我这半生都在整理东西，并且一直也没整理好。其中大而言之，是想整理自己，自己的所爱所憎、所欲所求、所歌所哭；小而言之，是想整理好桌上的信件，柜中的资料，黄昏时从斜阳里收回来的衣服，或者一阵雨后满阳台的落叶。

我一直都在整理，并且一直也没整理好，例如一颗女儿小时落下的乳牙，我每次把它从桌上拿起来，迟疑许久，想用资料分类法的观念把它放入什么地方去，可是，女儿是我的骨肉，乳牙是她的骨肉，对于骨肉的骨肉，我偏着头呆想，不知哪一种档案里可以容它。于是，我又把它放回桌子上，我的桌子至今仍是“待整理”状态，人世间原有太多归不了档的东西。

而在梦中，我忽然翻出了一件大东西，我费力地辨认那东西，发现是一个人体！我再仔细看，原来是死去许久的人体，干而脆，并且极轻，摸起来像陈年的旧灯笼，内层是支离破碎的竹篾，外层是剥落的薄纸，我追根究底地又看了一遍，才有一个惊人的大发现，那不是别人，它正是我自己！梦里的我不免纳闷道：“奇怪，原来我死了，怎么都没有人来告诉我一声？”

我忽然决定要去埋它，这一次决定做得干脆利落，与我平时整理杂物的作风完全不同。

然后，我醒了，并且听到四月清晨雀鸟的碎语，我忽然不知道该怎么整理这段梦。不是前天梦中还是傻里傻气为了答不出考卷上的题目而急得自以为仍是“考试如天大”的十六岁小女孩吗？怎么忽然之间又把回望的头向前看，并且看到了死亡？更奇怪的是居然我已成灰成尘，仿佛死在古代的汉墓或大漠沙冢中的女子，难道梦中的我是千年后的我，偶发清兴，又来这世上整理旧档案吗？

一向被朋友看作激进乐观，其实就我自己而言，我只承认“贪心”，像抓住满把糖果舍不得放手的小孩，既酖烟雨，又爱晴岚；既仰古松千丈，复不免恋栈于匍匐在阴湿处的小苍苔。然而，我之所以贪惜，所以疼爱，恐怕都是由于深知这一切皆是稍纵即逝，那些秉烛夜游的人，那些皓首穷经的人，那些餐霞饮露以修道的人，其基本背景恐怕皆是由于感知生命的大悲凉与大怆痛吧！

今年春天，我对友人说：“我相信爱情，不相信生命，虽然前者也脆弱。”

生命是一项随时可以中止的契约，爱情在最醇美的时候，却可以跨越生死。

推醒身边那人，我絮絮地说着自己的梦，他听完了忽然拥住我，答非所问地说：“谢谢！谢谢你！”

“谢？谢什么？”

“谢谢你仍然活着，并且在我身边。”

我一时语哽，忽然，我发觉了更多有待整理的纷杂，只是，我真的要整理它吗？

平视，也有美景

在香港，如果要约人相会，最好的见面地点似乎没什么可争议的，当然是高大醒目的汇丰银行。它离地铁近，是无人不知的地标。

那天，我便和朋友约在那里见面，打算坐缆车上山去吃饭观景。汇丰银行唯一的缺点是范围太大，且因“人同此心”，在此处等人的人数以百计。假日期间菲佣麇聚，如同市集，所以有必要再指定一个小范围来碰头。

“铜狮子吧！”朋友建议，“面对银行右边的那一只。”

朋友细心，狮子照例是一对，如果不说明左右，到时候总有点令人心慌。

我早到了，路远，不容易控制时间，多出二十分钟便只好拿来四处打量人群。新雨初晴，万头攒动，港人是什么大风大浪都经过了，“上海汇丰银行”的盛名由来已久，比起那些新贵，它是老牌多了。而那两只狮子威仪赫赫，是往昔的也是今日的荣耀。

我于香港，虽是身居过客时为多，但我在这里曾教过书，我的戏也在此演过。我且拥有这个地区的身份证和汇丰提款卡，使我和它之间不免觉得有点两情缱绻起来。

铜狮子曾被多少双手摸过？它永远那么光滑润泽，摸它的人都心怀喜悦吧？它那么雄壮，却那么驯良无害，每个人都可以一亲它那铜质的清凉的肌肤。

来了一对情侣，在狮身前合照后离去。

来了一个小孩，被大人抱起，摸了一把狮毛，咯咯地笑着走了。

来了一个女子，细瘦郁悒，她轻轻地握了狮腿，面无表情地走开。

我站在一旁看，我想起西方中古世纪有一种“带状演戏”的方法（这不是学术名词，是我为了方便说明姑且用之的讲法）。那时代，有些野台戏的演法是让观众站在路旁，演员则站在车子上（有点像电子花车），车到定位便停下来演一段献给路边的戏迷看。等车子开走，下面会再开来一辆车，车上的演员会提供下一回合的剧情。如此一车车的情节串成悲欢离合，串成善恶报应，观众则在虚实幻设中喟叹、嬉笑、流泪……

我今也是站在银行前的定点上看众生演出、离去、演出、离去……的戏迷。

然后，我看到有个穿黑色唐装的老人扶着拐杖走来，他慢慢地摸了狮头，又摸了狮座。

“咦，怎么有水？”他叫了一声。

“刚才下过一阵雨。”旁边回答他的年轻女子看来像他的女儿。我这才注意到，他是个盲人。

“以前，我是看过铜狮子的！好久了！”他说。

啊，女儿真好，真贴心，只有女儿才会想到要带盲眼的父亲出来散心，并且来摸摸这铜狮子。

我要约的朋友来了，我们一起去排队坐缆车。不料等缆车的时候，又碰到这对父女。我的广东话虽不怎么样，却厚着脸皮去找那女孩搭话：

“他是你什么人呀？”

“他是我爹地！”

“你真有心（这句话在粤语中有点等于体贴细致的意思），你爹地有你这样的女儿好福气！”

这时朋友忽然对女孩说：

“我看你有点面熟哩！”

“我看你也是呀！”女孩说。

两人终于对出来了，因为朋友是牧师，有时会去各教堂讲道，他们曾在教堂见过。

于是聊起来，知道他们从广东来香港三十年了，知道她爸爸是这些年失明的，知道这位身着黑色唐装的老人从前是读过中国古书的。

“会背好多文章和诗词歌赋呢！”女孩无限景仰地夸耀着，老人则温和地浅笑。

到太平山坐缆车并赴山顶餐厅吃饭，一般人目的只有一个，便是俯瞰山下的千门万户和依依港湾——我不好意思问女孩，对于失明的父亲，这一切，不都浪费了吗？

然而，缆车上，闭上眼，我揣摩盲人的世界，车子往上攀爬的时候，其实身体也是有感觉的。下了缆车，如鞭的山风自然跟平地是迥然不同的。

盲人于风景既不能俯望也不能仰望，但当女儿牵着他的手徐徐前行的时候，他会知道，自己就是令人羡慕的大好的风景。

餐厅的人潮里我们走失了，但我知道，午餐的好味道他是嚼得出来的，而午后山径上的阳光，他也必然知道其好处在哪里。

不属于视觉的好东西其实也蛮多的，其中最好的一项当然便是女儿——一个笑语朗朗，半肩柔发，一路搀着父亲的好女儿。

下一次我如果再去汇丰总行，我会好好摸一下那只铜狮子。我会感知触摸的世界是如何清凉有致，感知世间曾有多少只手，各以他们一己的体温和指纹留下他们无言的故事。

登高俯瞰，原是许多城市常见的观光项目。如果你坐进旋转餐厅吃饭，你还可以看到整个三百六十度的“完全景观”——但我真正志之不忘的，其实只是在寻常的小街角，用平视的角度所看到的小人物，以及他们平凡而又庸常的父慈子孝。平视——不一定要仰视或俯视——也有美景。

比讲理更多

这世上有人不跟我们讲道理。我们赚的钱，他们来偷；我们跟他签契约，他们不遵守；我们对他好，他却忘恩负义。这种人，我们叫他们“坏人”。

好在这世上大部分的人肯和我们讲道理，或者接近讲道理。我们买了车票，便可以上车；我们向对方点头，多半能收回微笑，或者咧嘴；我们付出半斤猪肉的价钱，多半可以买到七两的猪肉回来。这种人，我们叫他们“普通的人”。

但是，这世界上，却有一些人，比肯讲理的人对我们更好的人。这种人无以名之，勉强说，他们是“有恩于我们的人”。

譬如我们问路，那素昧平生的路人，不但愿意详细告诉你，甚至还肯陪你走一段。或像我们小时候的老师，容忍我们的迟钝和愚笨，向我们不厌其详地解释一道数学题。或者是有花的春天早晨，有茶的冬天深夜，我们偶然翻书，翻到远在两千年前或此刻生活在八万里外一位哲人的智慧，当下恨不得找他们道谢，但他们却不知身在何处。而我们，何德何能，却大模大样地享受着哲人一生苦思冥想的智慧结晶，接受他们惊人的可爱的“人生导游”。他们待我们如此之好，远远超过我们本分应得的。事实上，这个世界上，待我们恩情超出“常理之外”的人太多了。

至于我们自己呢？是不是一板一眼地和别人进行数学式的，讲理而毫不吃亏的人生交易呢？或者，我们肯比讲“理”更多走一步，走到不与人计较的“情”的世界里来呢？

有求不应和未求已应

一

香港有间庙，叫黄大仙，香火一向鼎盛，原因很简单，据说此庙是“有求必应”的。人生是如此繁难多灾，亟待解决的问题是如此千头万绪，找个“有求必应”的靠山来仰仗一下，事情便过关了，这样的黄大仙怎能不受欢迎呢？

黄大仙一度也随着移民潮去了加拿大，不料水土不服，法力骤减，善男信女，也只能徒呼奈何。

华人似乎有其自设的对神明的检验标准，华人现实，所以规定神明应该乖乖地“有求必应”，他是“超级仆人”，他有义务把我们的梦想一一付诸实现。

二

然而，对我而言，回顾走过的路，如果我有什么可以感谢上苍的，恐怕不在于某些祈祷曾蒙垂听，而是在于某些祈祷始终不蒙成全。

过年了，我们祝福别人“心想事成”。那么，有没有人肯相信“心想事不成”，也可能是一项更大的祝福呢？

年少的时候，一个柔发及肩的女子或一个黑睛凝静的男子，都能令我们目眩神迷、魂不守舍。但那人却始终并没有发现你的那把幽埋在心底深处的熔岩一般的恋火。你祈祷，你哀告，你流泪，你说：“让那人看见我吧！让那人钟情我吧！”

然而神明不理你，天地也麻木漠然，没有一点同情。你哀婉欲死，事情就这样结束了，可是，二十年后，你又看见那人，那人风华已老，谈吐无趣，那人身旁的配偶也伧俗黯败。你惊讶万分，原来那人并不出色，原来当年上苍不曾俯听你的祈求是一项极为仁慈的安排。你其实另有仙侣，你原来命中注定要跟更好的人生出更好的孩子，你所渴想的虽不曾“心想事成”，但事情却发展得更好，超乎我们的祈求和梦想。

三

还有，你诅咒过人吗？

“去死！去死！早死早干净！”你曾经恶狠狠地这样说过吗？这种诅咒有时矛头也会翻转过来针对自己：“我巴不得我死掉才好！”

为了表示心意坚决，你说得一字字铮然有声，如铁石相击，并且火花四射。

碰到这种时候，如果有位新上任的笨笨的天使听到了“我的志愿”（这个中学时代常见的作文题目），于是立刻开恩为你成就了。天哪！那么你我周围真不知要枉死多少人了！其中包括老板、上司、总统或部长、行骗的商家、出轨的情人、可恨的竞争对手、讨厌的同事、对你性骚扰的人，以及至亲如兄弟姊妹、夫妻子女的人，当然很可能也包括你我自己。真不敢想象那种横尸遍野的惨相。

好在上帝很懂语意学（Semantics），众天使也多半经验老到，不至让你我的恶心妄念“心想事成”。想来老天使大概常常告诫小天使：“千万注意哦！如果你听到诅咒人死的祈愿，千万别当真啦！那只代表说话的人自己气疯了。别管他，等等就好了。你如果真照着世人一时的祈望为甲杀乙，为乙杀丙，那么全世界的人不出三天全部都死光光了，这样，我们天使岂不要集体失业了？反正，大家都不免是别人恨之入骨的人。人类成天不是你恨我，便是我恨他，我们天使不必再插一脚。世人虽坏，但也没坏到该全体灭种的程度，所以，就让他们心想事不成好了。”

对，好在“心想事不成”。啊，在我还没有成为纯洁无瑕的圣人之前，在贪念痴迷和愚妄仍是我主要本质的时候，上帝，求你务必不要成全我无知的要求或诅咒吧！

是的，我祈求财富，你不给我，你说，整个城市的人都在俭俭省省、巴巴结结，量入为出，你有什么权利要求锦衣玉食、挥金如土？财富是一种厄运，你会因而从常民的生活中被判出局。你会从此听不懂那些贫苦兄弟姊妹的告白。想想看，你虽不富，但一副不必背着黄金宝囊的肩膀是多么轻省啊！

我祈望绝世的美丽，奇迹并没有发生，你说，如果蜜蜂没有索取金冠，蚂蚁没有祷求珠履，你又何需湖水般的澄目或花瓣似的红唇呢？一双眼，只要读得懂人间疾苦，也就够了吧？两片唇，只要能轻轻吟出自己心爱的古老诗句，也就够了吧？

我向往聪明，我梦想自己是天纵之才，但你背过脸去，对我的陈述不予理会。你说：“孩子，我爱你，我何忍把这么锋刃的利剑给你？你会因而皮破血流，筋断脉绝的。你就用你那一点点小才干去努力、去困顿、去撞头、去验证吧！你在百思不辨、千思不解之余收获的心得，其实反而更能和世人对话。才高八斗之人如万丈瀑布，壮观虽壮观，其下却难于汲水。你就安心做一注小小山泉，涓滴不绝，可鉴可饮，不是也很好吗？”

“可不可以给我一张用玫瑰花瓣堆砌的芳香软床？”

“我搞不懂你要那么奇怪的东西来干什么，”你说，“但我会给你甜美如一坛陈年冬蜜的凝定睡眠。”

“赠我红宝石的坠子，让我的颈项因而华美璀璨！”

“偏不！”你说，“但我会让你家南面阳台的蝴蝶兰今年春天开出艳紫的云霞！”

“让我全然健康，无病无痛，这一点，总不算要求过分吧？”

“不！”你说，“我赐你友谊，你和你的朋友会因同病而相怜，且相恤相濡。”

四

美国诗人弗罗斯特曾有一首诗，谈及森林中有两条小路，他选择了一条，却不免好奇，如果踏上的是另一条路呢？会有更迷人的风景吗？会有更平坦的地面吗？会有更柔软厚实的落叶吗？会有更响彻云霄的鸟鸣或更为柔和芬芳的清风吗？

啊！我为我自己走过的路感谢，我也为我糊里糊涂踏上的另一条路而感谢。感谢我那些小小的心愿和祈祷，在一路行来之际曾蒙垂听成全，更感谢那些未蒙应允的夙愿。原来“心想事不成”也是好事一桩，原来“有求不应”也大可以另成佳境。原来另一条路有可能是更好的路，虽然是被逼着走上去的。

唐人张谓有句这样的诗：“看花寻径远，听鸟入林迷。”人生的途程不也如此吗？每一条规划好的道路、每一个经纬坐标明确固定的位置，如果依着手册的指示而到达了固然可羡可慕，但那些“未求已应”的恩惠却更令人惊艳。那被嘤嘤鸟鸣所引渡而到达的迷离幻域，那因一朵花的呼唤而误闯的桃源，才是上天更慷慨的福泽的倾注。

曾经，我急于用我的小手向生命的大掌中掏取一粒粒耀眼的珍宝，但珍宝乍然消失，我抓不到我想要的东西。可是，也在这同时，我知道我被那温暖的大手握住了。手里没有东西，只有那双手掌而已，那掌心温暖厚实安妥，是“未求已应”的生命的触握。

你不能要求简单的答案

年轻人啊，你问我说："你是怎样学会写作的？"

我说："你的问题不对，我还没有'学会'写作，我仍然在'学'写作。"

你让步了，说："好吧，请告诉我，你是怎么学写作的？"

这一次，你的问题没有错误，我的答案却仍然迟迟不知如何出手，并非我自秘不宣——但是，请想一想，如果你去问一位老兵："请告诉我，你是如何学打仗的？"

——请相信我，你所能获致的答案绝对和"驾车十要"或"电脑入门"不同。有些事无法做简单的回答，一个老兵之所以成为老兵，故事很可能要从他十三岁那年和弟弟一齐用门板扛着被日本人炸死的爹娘去埋葬开始，那里有其一生的悲愤郁结，有整个中国近代史的沉痛、伟大和荒谬。不，你不能要求简单的答案，你不能要一个老兵用明白扼要的字眼在你的问卷上做填充题，他不回答则已，如果回答，就必须连着他的一生的故事。你必须同时知道他全身的伤疤，知道他的胃溃疡，知道他五十年来朝朝暮暮的豪情与酸楚……

年轻人啊，你真要问我跟写作有关的事吗？我要说的也是：除非，我不回答你，要回答，其实也不免要夹上一生啊（虽然一生并未过完）！一生的受苦和欢悦，一生的痴意和决绝忍情，一生的有所得和有所舍。写作这件事无从简单回答，你等于要求我向你述说一生。

两岁半，年轻的五姨教我唱歌，唱着唱着，就哭了，那歌词是这样的：

“小白菜呀，地里黄呀，三岁两岁，没有娘呀……生个弟弟，比我强呀，弟弟吃面，我喝汤呀……”

我平日少哭，一哭不免惊动妈妈，五姨也慌了，两人追问之下，我哽咽地说出原因：“好可怜啊，那小白菜，晚娘只给她喝汤，喝汤怎么能喝饱呢？”

这事后来成为家族笑话，常常被母亲拿来复述，我当时大概因为小，对孤儿处境不甚了然，同情的重点全在“弟弟吃面她喝汤”的层面上，但就这一点，后来我细想之下，才发现已是“写作人”的根本。人人岂能皆成孤儿而后写孤儿？听孤儿的故事，便放声而哭的孩子，也许是比较可以执笔的吧。我当时尚无弟妹，在家中娇宠恣纵，就算逃难，也绝对不肯坐人挑筐。挑筐因一位挑夫可挑前后两箩筐，所以比较便宜。千山迢递，我却只肯坐两人合抬的轿子，也算是一个不乖的小孩了。日后没有变坏，大概全靠那点善于与人认同的性格。所谓“常抱心头一点春，须知世上苦人多”的心情，恐怕是比学问、见解更为重要的，人之所以为人的本源。当然它也同时是写作的本源。

七岁，到了柳州，便在那里读小学三年级。读了些什么，一概忘了，只记得那是一座多山多水的城，好吃的柚子堆在桥的两侧卖。桥在河上，河在美丽的土地上。整个逃离的途程竟像一场旅行。听爸爸一面算计一面说：“你已经走了大半个中国啦，从前的人，一生一世也走不了这许多路的。”小小年纪当时心中也不免陡生豪情侠义。火车在山间蜿蜒，血红的山踯躅开得满眼，小站上有人用小沙甑焖了香肠饭在卖，好吃得令人一世难忘。整个中国的大苦难我并不了然，知道的只是火车穿花而行，轮船破碧疾走，一路懵懵懂懂南行到广州，仿佛也只为到水畔去看珠江大桥，到中山公园去看大象和成天降下祥云千朵的木棉树……

那一番大搬迁有多少生离死别，我却因幼小只见山河的壮阔，千里万里的异风异俗，某一夜的山月，某一春的桃林，某一女孩的歌声，某一城垛的黄昏，大人在忧思中不及一见的景致，我却一一铭记在心，乃至一饭一蔬一果，竟也多半不忘。古老民间传说中的天机，每每为童子见到，大约就是因为大人易为思虑所蔽。我当日因为浑然无知，反而直窥入山水的一片清机。山水至今仍是那一砚浓色的墨汁，常容我的笔有所汲饮。

小学三年级，写日记是一个很痛苦的回忆。用毛笔，握紧了写（因为母亲常绕到我背后偷抽毛笔，如果被抽走了，就算握笔不牢，不合格）。七岁的我，哪有什么可写的情节，只好对着墨盒把自己的日子从早到晚一遍遍地再想过。其实，等我长大，真的执笔为文，才发现所写的散文，基本上也类乎日记。也许不是“日记”而是“生记”，是一生的记录。一般的人，只有幸“活一生”，而创作的人，却能“活二生”。第一度的生活是生活本身；第二度则是运用思想再追回它一遍，强迫它复现一遍。萎谢的花不能再艳，磨成粉的石头不能重坚，写作者却能像呼唤亡魂一般把既往的生命唤回，让它有第二次的演出机缘。人类创造文学，想来，目的也即在此吧？我觉得写作是一种无限丰盈的事业，仿佛别人的卷筒里填塞的是一份冰激凌，而我的，是双份，是假日里买一送一的双份冰激凌，丰盈满溢。

也许应该感谢小学老师的，当时为了写日记把日子一寸寸回想再回想的习惯，帮助我有一个内省的深思的人生。而常常偷抽毛笔的母亲，也教会我一件事：不握笔则已，要握，就紧紧地握住，对每一个字负责。

八岁以后，日子变得诡异起来，外婆猝死于心脏病。她一向疼我，但我想起她来却只记得她拿一根筷子、一片铜质钱，用棉花自己捻线来用。外婆从小出生于富贵之家，却勤俭得像没有隔宿之粮的人。其实五岁那年，我已初识死亡，一向带我的用人在南京因肺炎而死，不知是几“七”，家门口铺上炉灰，等着看她的亡魂回不回来，铺炉灰是为了检查她的脚印。我至今几乎还能记得当时的惧怖，以及午夜时分，一声声凄厉的狗嚎。外婆的死，再一次把死亡的剧痛和荒谬呈现给我，我们折着金箔，把它吹成元宝的样子，火光中，我不明白一个人为什么可以如此彻底消失了。葬礼的场面奇异诡秘，“死亡”一直是令我恐惧万分的主题——我不知该如何面对它。我想如果没有意识到失望，人类不会有文学和艺术。我所说的“死亡”，其实是广义的，如即聚即散的白云，旋开旋灭的浪花。一张年头鲜艳年尾破败的年画，或是一支心爱的自来水笔，终成破蔽。

文学对我而言，一直是那个挽回的“手势”。果真能挽回吗？大概不能吧？但至少那是个依恋的手势，强烈的手势，照中国人的说法，则是个天地鬼神亦不免为之愀然色变的手势。

读五年级的时候，有个陈老师很奇怪地要我们几个同学来组织一个“绿野”文艺社。我说“奇怪”，是因为他不知是有意或无意的，竟然丝毫不拿我们当小孩子看待。他要我们编月刊；要我们在运动会里做记者并印发快报；他要我们写朗诵诗，并且上台表演；他要我们写剧本，而且自导自演。

我们在校运会中挂着记者条子跑来跑去的时候，全然忘了自己是个孩子，满以为自己真是个记者了，现在回头去看才觉好笑。我如今也教书，很不容易把学生看作成人，当初陈老师真了不起，他给我们的虽然只是信任而不是赞美，但也够了。我仍记得白底红字的油印刊物印出来之后，我们去一一分派的喜悦。

我间接认识一个名叫安娜的女孩，据说她也爱诗。她要过生日的时候，我打算送她一本《徐志摩诗集》。那一年我初三，零用钱是没有的，钱的来源必须靠“意外”，因而要买一本十元左右的书是件大事。于是我盘算又盘算，决定一物两用。我打算早一个月买来，小心地读，读完了，还可以完好如新地送给她。不料一读之后就舍不得了，而霸占礼物也说不过去，想来想去，只好动手来抄，把喜欢的诗抄下来。这种事，古人常做，复印机发明以后就渐成绝响了。但不可解的是，抄完诗集以后的我整个和抄书以前的我不一样了。把书送掉的时候，我竟然觉得送出去的只是形体，一切的精华早为我所吸取，这以后我欲罢不能地抄起书来。例如：向老师借来的冰心的《寄小读者》，或者其他散文、诗、小说，都小心地抄在活页纸上。感谢贫穷，感谢匮乏，使我懂得珍惜，我至今仍深信最好的文学资源来自双目，也来自腕底。古代僧人每每刺血抄经，刺血也许不必，但一字一句抄写的经验却是不应该被取代的享受。仿佛玩玉的人，光看玉是不够的，还要放在手上抚触，行家叫“盘玉”。中国文字也充满触觉性，必须一个个放在纸上重新描摹——如果可能，加上吟哦会更好，它的听觉和视觉会一时复苏起来，活力弥弥。当此之际，文字如果写的是花，则枝枝叶叶芬芳可攀；如果写的是骏马，则嘶声在耳，鞍辔光鲜，真可一跃而去。我的少年时代没有电视，没有电动玩具，但我反而因此可以看见希腊神话中赛克公主的绝世美貌，黄河冰川上的千古诗魂……

你在信上问我，老是投稿，而又老是遭人退稿，心都灰了，怎么办？

你知道我想怎样回答你吗？如果此刻你站在我面前，如果你真肯接受，我最诚实最直接的回答便是一阵仰天大笑："啊！哈——哈——哈——哈——哈！……"笑什么呢？其实我可以找到不少"现成话"来塞给你做标准答案，诸如"勿气馁"啦，"不懈志"啦，"再接再厉"啦，"失败为成功之母"啦，可是，那不是我想讲的。我想讲的，其实就只是一阵狂笑！

一阵狂笑是笑什么呢？笑你的问题离奇荒谬。

投稿，就该投中吗？天下哪有如此好事？买奖券的人不敢抱怨自己不中，求婚被拒绝的人也不会到处张扬，开工设厂的人也都事先心里有数，这行业是"可能赔也可能赚"的。为什么只有年轻的投稿人理直气壮地要求自己的作品成为铅字？人生的苦难千重，严重得要命的情况也不知要遇上多少次。生意场上、实验室里、外交场合，安详的表面下潜伏着长年的生死之争。每一类的成功者都有其身经百劫的疤痕，而年轻的你却为一篇退稿陷入低潮？

记得大一那年，由于没有钱寄稿（虽然，稿件视同印刷品，可以半价——唉，邮局真够意思，没发表的稿子他们也视同印刷品呢！——可惜我当时连这半价邮费也付不出啊！），于是每天亲自送稿，每天把一番心血交给门口警卫以后便很不好意思地悄悄走开——我说每天，并没有记错，因为少年的心易感，无一事无一物不可记录成文，每天一篇毫不困难。胡适当年责备少年人"无病呻吟"，其实少年在呻吟时未必无病，只因生命资历浅，不知如何把话删削到只剩下“深刻”，遭人退稿也是活该。我每天送稿，因此每天也就可以很准确地收到两天前的退稿，日子竟过得非常有规律起来，投稿和退稿对我而言就像有“动脉”就有“静脉”一般，是合乎自然定律的事情。

如果看到几篇稿子回航就令你沮丧消沉——年轻人，请听我张狂的大笑吧！一个怕退稿的人可怎么去面对冲锋陷阵的人生呢？退稿的灾难只是一滴水一粒尘的灾难，人生的灾难才叫排山倒海呢，碰到退稿也要沮丧——快别笑死人了，所以说，对我而言，你问我的问题不算“问题”，只算“笑话”，投稿投不中有什么大不了！如果你连这不算事情的事也发愁，你这一生岂不愁死？

传统中文系的教育很多人视之为写作的毒药，奇怪的是对我而言，它却给了我一些坚实的基础。文字训诂之学，如果你肯去了解它，其间自有不能不令人动容的中国美学，声韵学亦然。知识本身虽未必有感性，但那份枯索严肃亦如冬日，繁华落尽处自有无限生机。和一些有成就的学者相比，我读的书不算多，但我自信每读一书于我皆有增益。读《论语》，于我竟有不慎低回之致；读史书，更觉页页行行都该标上惊叹号。世上既无一本书能教人完全学会写作，也无一本书完全与写作无异。能看一本烂书，也算负面教材，令我怵然自惕，知道自己以后为文万不可如此骄矜昏昧，不知所云。

有一天，在别人的车尾上看到“独身贵族”四个大字，当下失笑，很想在自己车尾上也标上“已婚平民”四个字。其实，人一结婚，便已堕入平民阶级，一旦生子，几乎成了“贱民”，生活中种种烦琐吃力处，只好一肩担了。平民是难有闲暇的，我因而不能有充裕的写作时间，但我也因而了解升斗小民在庸庸碌碌、乏善可陈的生活背后的尊严，我因怀胎和乳养的过程，而能确实怀有“彼亦人子也”的认同态度，我甚至很自然地用一种霸道的母性心情去关爱我们的环境和大地。我人格的成熟是由于我当了母亲，我的写作如果日有臻进，也是基于同样的缘故。

你看，你只问了我一个简单的问题，而我，却为你讲了我的半生。文章千古事，得失寸心知，记得在印度旅行的时候，看到有些小女孩在编丝质地毯，解释者说：必须从幼年就学起，这时她们的指头细柔，可以打最细最精致的结子，有些毯子要花掉一个女孩一生的时间呢！文学的编织也是如此一生一世吧？这世上没有什么不是一生一世的，要做英雄、要做学者、要做诗人、要做情人，所要付出的代价不多不少，只是一生一世，只是生死以之。

我，回答了你的问题吗？

图书在版编目（CIP）数据

半局：张晓风散文精选 / 张晓风著；-- 北京：北京联合出版公司，2019.2

ISBN 978-7-5596-2524-3

Ⅰ.①半… Ⅱ.①张… Ⅲ.①散文集－中国－当代 Ⅳ.① I267

中国版本图书馆 CIP 数据核字（2018）第 202281 号

半局：张晓风散文精选
作　　者：张晓风
总 发 行：北京华景时代文化传媒有限公司
策　　划：阿　芒
责任编辑：楼淑敏
版式设计：张　敏
责任编审：赵　娜

北京联合出版公司出版
（北京市西城区德外大街 83 号楼 9 层 100088）
北京中科印刷有限公司印刷　　新华书店经销
字数 206 千字　　690 毫米 ×980 毫米　　1/16　　17 印张
2019 年 2 月第 1 版　　2019 年 2 月第 1 次印刷
ISBN 978-7-5596-2524-3
定价：48.00 元